PULCHERIE
COMEDIE HEROIQUE.

A PARIS,
Chez GUILLAUME DE LUYNE, [illegible]
Juré, au Palais, dans la Salle des Merciers, sous
la montée de la Cour des Aydes,
à la Justice.

M. DC. LXXIII.

AVEC PRIVILEGE DV ROY.

AU LECTEUR.

PULCHERIE, fille de l'Empeur Arcadius, & ſœur du jeune Théodoſe, a été une Princeſſe tres illustre, & dont les talens étoient merveilleux. Tous les Hiſtoriens en conviennent. Des l'âge de quinze ans elle empiéta le Gouvernement ſur ſon frére, dont elle avoit reconnu la foibleſſe, & s'y conſerva tant qu'il vécut, á la réſerve d'environ une année de disgrace, qu'elle paſſa loin de la Cour, & qui coûta cher á ceux qui l'avoient réduite á s'en éloigner. Aprés la mort de ce Prince, ne pouvant retenir l'authorité Souveraine en ſa perſonne, ny ſe réſoudre á la quitter, elle propoſa ſon mariage á Martian, á la charge qu'il luy permettroit de garder ſa virginité, qu'elle avoit voüée & conſacrée à Dieu. Comme il étoit déja aſſez avancé dans la vieilleſſe, il accepta la condition aiſément, & elle le nomma pour Empereur au Sénat qui ne voulut, ou n'osa l'en dédire. Elle passoit alors cinquante ans, & mourut deux ans après. Martian en régna sept, & eut pour successeur Léon, que ses excellentes qualitez firent surnommer le Grand. Le Patrice Aspar le servit á monter au trosne, & luy demanda pour récompense l'association á cet Empire, qu'il luy avoit fait obtenir. Le refus de Léon le fit conspirer contre ce maistre qu'il s'étoit choisi, la conspiration fut découverte, & Léon s'en défit. Voila ce que m'a prété l'Histoire. Je ne veux point prévenir vostre jugement sur ce que j'y ay changé, ou adjousté, & me contenteray de vous dire que bien que cette Piéce aye été réléguée dans un lieu, où on ne vouloit plus se souvenir qu'il y eust un Théatre, bien qu'elle ait passé par des bouches pour qui on n'étoit prévenu d'aucune estime, bien que ses principaux caractéres soient contre le goust du temps, elle n'a pas laissé de peupler le Desert, de mettre en crédit des Acteurs dont on ne connoissoit pas le mérite, & de faire voir qu'on n'a pas toujours besoin de s'assujettir aux entestements du Siécle pour se faire écouter sur la Scene. J'auray de quoy me satisfaire, si cet Ouvrage est aussi heureux á la lecture, qu'il a été á la répresentation, & si j'ose ne vous dissimuler rien, je me flate assez pour l'espérer.

Privilége du Roy.

LOUIS PAR LA GRACE DE DIEU ROY DE FRANCE ET DE NAVARRE : A nos amez & feaux Conſeillers les gens tenans nos Cours de Parlement & Maiſtres des Requeſtes ordinaires de noſtre Hoſtel, Baillifs, Senechaux ou leurs Lieutenans, & autres qu'il appartiendra : Salut Noſtre bien amé GUILLAUME DE LUYNE, Libraire Juré de noſtre bonne ville de Paris, Nous a fait remontrer qu'il deſireroit faire Imprimer une piece de Theatre de la compoſition du Sieur P. CORNEILLE, intitulée PULCHERIE, laquelle a eſté leuë par le ſieur Charpentier, ce qu'il ne peut faire ſans ſur ce avoir nos Lettres neceſſaires, humblement nous requerant icelles. A CES CAUSES : Nous avons permis & permettons par ces preſentes á l'Expoſant d'Imprimer ou faire Imprimer en tel volume, marge, & caractere que bon luy ſemblera, la ſuſdite Piece de Theatre, & icelle vendre & debiter par tout noſtre Royaume, pays & terres de noſtre obeïſſance, durant le temps de cinq années, á commancer du jour que ladite impreſſion ſera parachevée, pendant lequel temps Nous faiſons deffences á tous Libraires & Imprimeurs d'imprimer vendre ny debiter ladite piece de Theatre, ſans le conſentement de l'Expoſant, ou de ceux qui auront droict de luy, á peine de trois mil livres d'amende & confiſcation, aplicable un tiers á Nous, un tiers á l'Hoſpital Général & l'autre tiers au profit de l'Expoſant, á la charge de mettre deux Exemplaires de ladite piece en noſtre Biblioteque, un en celle de noſtre Cabinet du Louvre, & un en celle de noſtre cher &

feal le Sieur d'Aligre Garde des Sceaux de France, avant que de l'exposer en vente, & de faire enregistrer ces Presentes au Livre du Syndic des Marchands Libraires de nostre ville de Paris, & qu'en mettant au commancement où á la fin de ladite piece un Extrait des presentes foy y soit adjoustée : Si mandons á chacun de vous ainsi qu'il appartiendra, que du contenu fassiez joüir l'Exposant ou ceux qui auront droit de luy, pleinement & paisiblement, & au premier nostre Huissier ou Sergent faire pour l'execution d'icelles, tous exploits & actes necessaires sans autre permission, nonobstant Clameur de Haro, Chartre Normande & Lettres à ce contraires : Car tel est nostre plaisir. DONNE' à Paris le trentiesme jour de Decembre l'an de grace mil six cens soixante-douze. Et de nostre regne le trentiesme. Par le Roy, LE NORMAND.

Registré sur le Livre de la Communauté des Marchands Libraires & Imprimeurs de Paris, le 5. Ianvier 1673. suivant l'Arrest du Parlement du 8. Avril, & celuy du Conseil Privé du Roy du 27. Fevrier 1665.

Signé D. THIERRY, Syndic.

Les Exemplaires ont esté fournis.

Achevé d'imprimer pour la premiere fois le 20. Ianvier 1673.

ACTEURS.

PULCHERIE, Impératrice d'Orient.

MARTIAN, vieux Sénateur, Ministre d'Etat ſous Théodoſe le jeune.

LEON, Amant de Pulchérie.

ASPAR, Amant d'Iréne.

IRENE, ſœur de Léon.

JUSTINE, fille de Martian.

La Scéne eſt á Conſtantinople dans le Palais Impérial.

PULCHERIE. COMEDIE HEROIQUE.

ACTE I.

SCENE PREMIERE.

PULCHERIE, LEON.

PULCHERIE.

Je vous aime, Leon, & n'en fais point mystere;
Des feux tels que les miens n'ont rien qu'il faille taire,
Je vous aime, & non-point de cette folle ardeur
Que les yeux éblouïs font maîtresse du cœur,
Non d'un amour conçeu par les sens en tumulte,
A qui l'ame applaudit sans qu'elle se consulte,
Et qui ne concevant que d'aveugles desirs
Languit dans les faveurs & meurt dans les plaisirs;
Ma passion pour vous genereuse & solide
A la vertu pour ame, & la raison pour guide,
La gloire pour objet, & veut sous vôtre loy
Mettre en ce jour illustre, & l'Univers, & moy.

Mon Ayeul Théodose, Arcadius mon pére,
Cet Empire quinze ans gouverné pour un frére,
L'habitude á régner, & l'horreur d'en déchoir,
Vouloient dans un mary trouver mesme pouvoir:
Je vous en ay creu digne, & dans ces espérances
Dont un panchant flateur m'a fait des asseurances,
De tout ce que sur vous j'ay fait tomber d'emplois
Aucun n'a démenty l'attente de mon choix.
Vos hauts faits á grands pas nous portoient à l'Empire,
J'avois reduit mon frére à ne m'en point dédire,
Il vous y donnoit part, & j'étois toute á vous;
Mais ce malheureux Prince est mort trop tost pour nous.
L'Empire est á donner, & le Sénat s'assemble
Pour choisir une teste á ce grand corps qui tremble,
Et dont les Huns, les Gots, les Vandales, les Francs,
Bouleversent la masse & déchirent les flancs.
Je voy de tous costez des partis & des ligues,
Chacun s'entremesure, & forme ses intrigues;
Procope, Gratian, Arcóbinde, Aspar,
Vous peuvent enlever ce grand nom de César,
Ils ont tous du mérite, & ce dernier s'asseure
Qu'on se souvient encor de son pere Ardabure,
Qui terrassant Mitrane en combat singulier
Nous acquit sur la Perse un avantage entier,
Et rasseurant par là nos Aigles alarmées
Termina seul la guerre aux yeux des deux Armées.
Mes souhaits, mon crédit, mes amis sont pour vous;
Mais à moins que ce rang, plus d'amour, point d'époux.
Il faut, quelques douceurs que cet amour propose,
Le trosne ou la retraite au sang de Théodose,
Et si par le succès mes desseins sont trahis,
Je m'éxile en Judée auprès d'Athénaïs.

LEON.

Je vous ſuivrois, Madame, & du moins ſans ombrage
De ce que mes rivaux ont ſur moy d'avantage,
Si vous ne m'y faiſiez quelque destin plus doux,
J'y mourrois de douleur d'eſtre indigne de vous,
J'y mourrois à vos yeux en adorant vos charmes:
Peut-eſtre eſſuyriez vous quelqu'une de mes larmes,
Peut-eſtre ce grand cœur qui n'oſe s'attendrir
S'y défendroit ſi mal de mon dernier ſoupir,
Qu'un éclat impréveu de douleur & de flame
Malgré vous à ſon tour voudroit ſuivre mon ame.
La mort qui finiroit à vos yeux mes ennuis
Auroit plus de douceur que l'état où je ſuis.
Vous m'aimez, mais hélas! quel amour eſt le voſtre,
Qui s'apreſte peut-eſtre à pancher vers un autre?
Que ſervent ces deſirs qui n'auront point d'effet,
Si voſtre illustre orgueil ne ſe voit ſatisfait?
Et que peut cet amour dont vous êtes maîtreſſe,
Cet amour, dont le troſne a toute la tendreſſe,
Esclave ambitieux du ſuprème degré,
D'un tître qui l'allume & l'éteint a ſon gré?
Ah, ce n'eſt point par là que je vous conſidére,
Dans le plus triste éxil vous me ſeriez plus chére,
Là mes yeux ſans relâche attachez à vous voir
Feroient de mon amour mon unique devoir,
Et mes ſoins réunis à ce noble esclavage
Sçauroient de chaque instant vous rendre un plein hommage.
Pour eſtre heureux amant faut-il que l'Univers
Ait place dans un cœur qui ne veut que vos fers,
Que les plus dignes ſoins d'une flame ſi pure
Deviennent partagez à toute la Nature?
Ah que ce cœur, Madame, a lieu d'eſtre alarmé,
Si ſans eſtre Empereur je ne ſuis plus aimé!

PULCHERIE.

Vous le ſerez toûjours, mais une ame bien née
Ne confond pas toûjours l'amour & l'Hyménée.
L'Amour entre deux cœurs ne veut que les unir,
L'Hyménée a de plus leur gloire á ſoutenir;
Et je vous l'avoûray, pour les plus belles vies
L'orgueil de la naiſſance a bien des tyrannies.
Souvent les beaux deſirs n'y ſervent qu'á geſner,
Ce qu'on ſe doit combat ce qu'on ſe veut donner,
L'Amour gémit en vain ſous ce devoir ſévere...
Ah! ſi je n'avois eu qu'un Sénateur pour pére!
Mais mon ſãg dãs mõ ſéxe a mis les plus grãds cœurs,
Eudoxe & Placidie ont eu des Empereurs,
Je n'oſe leur céder en grandeur de courage,
Et malgré mon amour je veux meſme partage,
Je penſe en eſtre ſeure, & tremble toutefois,
Quand je voy mon bonheur dépendre d'une voix.

LEON.

Qu'avez-vous á trembler? Quelque Empereur qu'on nomme,
Vous aurez voſtre Amant, ou du moins un grand homme,
Dont le nom adoré du Peuple & de la Cour
Soûtiendra voſtre gloire & vaincra voſtre amour.
Procope, Aréobinde, Aspar, & leurs ſemblables
Parez de ce grand nom vous deviendront aimables,
Et l'éclat de ce rang qui fait tant de jaloux
En eux ainſi qu'en moy ſera charmant pour vous.

PULCHERIE.

Que vous m'étes cruel, que vous m'étes injuste,
D'attacher tout mon cœur au ſeul tître d'Auguste!
Quoy que de ma naiſſance éxige la fierté,
Vous ſeul ferez ma joye & ma félicité,
De tout autre Empereur la grandeur odieuſe...

LEON.

Mais vous l'épouſerez, heureuſe, ou malheureuſe?

PULCHERIE.

Ne me pressez point tant, & croyez avec moy
Qu'un choix si glorieux vous donnera ma foy,
Ou que, si le Sénat á nos vœux est contraire,
Le Ciel m'inspirera ce que je devray faire.

LEON.

Il vous inspirera quelque sage douleur,
Qui n'aura qu'un soûpir á perdre en ma faveur.
Ouy, de si grands rivaux...

PULCHERIE.

Ils ont tous des Maîtresses.

LEON.

Le trosne met une ame au dessus des tendresses.
Quand du grand Théodose on aura pris le rang,
Il y faudra placer les restes de son sang:
Il voudra, ce rival, qui que l'on puisse élire,
S'asseurer par l'Hymen de vos droits á l'Empire.
S'il a pû faire ailleurs quelque offre de sa foy,
C'est qu'il a creu ce cœur trop prévenu pour moy;
Mais se voyant au trosne, & moy dans la poussiére,
Il se promettra tout de vostre humeur altiére,
Et s'il met á vos pieds ce charme de vos yeux,
Il deviendra l'objet que vous verrez le mieux.

PULCHERIE.

Vous pourriez un peu loin pousser ma patience,
Seigneur, j'ay l'ame fiére, & tant de prévoyance
Demande á la souffrir encor plus de bonté,
Que vous ne m'avez veu jusqu'icy de fierté,
Je ne condamne point ce que l'amour inspire,
Mais enfin on peut craindre, & ne le point tant dire.
Je n'en tiendray pas moins tout ce que j'ay promis,
Vous avez mes souhaits, vous aurez mes amis,
De ceux de Martian vous aurez le suffrage;
Il a, tout vieux qu'il est, plus de vertus que d'âge,
Et s'il briguoit pour luy, ses glorieux travaux
Donneroiẽt fort á craindre á vos plus grands rivaux.

LEON.

Nôtre Empire, il est vray, n'a point de plus grand homme,
Séparez-vous du rang, Madame, & je le nomme.
S'il me peut enlever celuy de Souverain,
Du moins je ne crains pas qu'il m'oste vostre main,
Ses vertus le pourroient, mais je voy sa vieillesse.

PULCHERIE.

Quoy qu'il en soit, pour vous ma bonté l'intéresse,
Il s'est plû sous mon frére á dépendre de moy,
Et je me viens encor d'asseurer de sa foy.
Je vois entrer Iréne, Aspar la trouve belle,
Faites agir pour vous l'amour qu'il a pour elle,
Et comme en ce dessein rien n'est á négliger,
Voyez ce qu'une sœur vous pourra ménager.

SCENE II.

PULCHERIE, LEON, IRENE.

PULCHERIE.

M'Aiderez-vous, Iréne, á couronner un frére?

IRENE.

Un si foible secours vous est peu nécessaire,
Madame, & le Sénat...

PULCHERIE.

N'en agissez pas moins.
Joignez vos vœux aux miens, & vos soins á mes soins,
Et montrons ce que peut en cette conjoncture
Un amour secondé de ceux de la Nature.
Je vous laisse y penser.

SCENE III.

LEON, IRENE.

IRENE.

Vous ne me dites rien,
Seigneur, attendez vous que j'ouvre l'entretien?

LEON.

A dire vray, ma ſœur, je ne ſçay que vous dire.
Aſpar m'aime, il vous aime, il y va de l'Empire,
Et s'il faut qu'entre nous on balance aujourd'huy,
La Princeſſe eſt pour moy, le mérite eſt pour luy.
Vouloir qu'en ma faveur á ce grade il renonce,
C'eſt faire une priére indigne de réponſe,
Et de ſon amitié je ne puis l'éxiger
Sans vous voler un bien qu'il vous doit partager.
C'eſt lá ce qui me force á garder le ſilence,
Je me répons pour vous á tout ce que je penſe,
Et puiſque j'ay ſouffert qu'il ait tout voſtre cœur,
Je doy ſouffrir auſſi vos ſoins pour ſa grandeur.

IRENE.

J'ignore encor quel fruit je pourrois en attendre.
Pour le troſne, il eſt ſeur qu'il a droit d'y pretendre,
Sur vous, & ſur tout autre il le peut emporter;
Mais qu'il m'y donne part, c'eſt dont j'oſe douter.
Il m'aime en apparence, en effet il m'amuſe.
Jamais pour nôtre Hymen il ne manque d'excuſe,
Et vous aime à tel point, que ſi vous l'en croyez,
Il ne peut eſtre heureux que vous ne le ſoyez.

Non que vostre bon-heur fortement l'intéresse;
Mais sçachant quel amour a pour vous la Princesse,
Il veut voir quel succès aura son grand dessein,
Pour ne point m'épouser qu'en sœur de Souverain.
Ainsi depuis deux ans voyez qu'il différe:
Du reste, á Pulchérie il prend grand soin de plaire,
Avec éxactitude il suit toutes ses loix,
Et dans ce que sous luy vous avez eu d'emplois,
Vostre teste aux périls á toute heure exposée
M'a pour vous & pour moy presque desabusée.
La gloire d'un amy, la haine d'un rival
La hazardoient peut-estre avec un soin égal.
Le temps est arrivé qu'il faut qu'il se déclare,
Et de son amitié l'effort sera bien rare,
Si mis á cette épreuve, ambitieux qu'il est,
Il cherche á vous servir contre son intérest.
Peut-estre il promettra, mais quoy qu'il vous promette,
N'en ayons pas, Seigneur, l'ame moins inquiéte:
Son ardeur trouvera pour vous si peu d'appuy,
Qu'on le fera luy-méme Empereur malgré luy,
Et lors, en ma faveur quoy que l'amour oppose,
Il faudra faire grace au sang de Théodose,
Et le Sénat voudra qu'il prenne d'autres yeux,
Pour mettre la Princesse au rang de ses Ayeux.
Son cœur suivra le sceptre, en quelque main qu'il brille,
Si Martian l'obtient, il aimera sa fille,
Et l'amitié du frére, & l'amour de la sœur,
Céderont á l'éspoir de s'en voir successeur.
En un mot, ma fortune est encor fort douteuse,
Si vous n'étes heureux, je ne puis estre heureuse,
Et je n'ay plus d'amant, non-plus que vous d'amy,
A moins que dans le trosne il vous voye affermy.

LEON.

Vous présumez bien mal d'un Héros qui vous aime.

IRENE.

Je pense le connoistre á l'égal de moy-mesme,
Mais croyez moy, Seigneur, & l'Empire est á vous,

LEON.

Ma sœur !

IRENE.

Ouy, vous l'aurez malgré luy, malgré tous.

LEON.

N'y perdons aucun temps. Hastez vous de m'instruire,
Hastez-vous de m'ouvrir la route á m'y conduire,
Et si vostre bonheur peut dépendre du mien...

IRENE.

Apprenez le secret de ne hazarder rien.
N'agissez point pour vous, il s'en offre trop d'autres,
De qui les actions brillent plus que les vostres,
Que leurs emplois plus hauts ont mis en plus d'éclat,
Et qui, s'il faut tout dire, ont plus servy l'Etat.
Vous les passez peut-estre en grandeur de courage,
Mais il vous a manqué, l'occasion, & l'âge,
Vous n'avez commandé que sous des Généraux,
Et n'étes pas encor du poids de vos rivaux.
Proposez la Princesse, elle a des avantages
Que vous verrez sur l'heure unir tous les suffrages;
Tant qu'a vécu son frére, elle a régné pour luy,
Ses ordres de l'Empire ont été tout l'appuy,
On vit depuis quinze ans sous son obéïssance,
Faites qu'on la maintienne en sa toute-puissance,
Qu'á ce prix le Sénat luy demande un époux;
Son choix tombera t'il sur un autre que vous?
Voudroit-elle de vous une action plus belle,
Qu'un respect amoureux qui veut tenir tout d'elle?
L'amour en deviendra plus fort qu'auparavant,
Et vous vous servirez vous mesme en la servant.

LEON.

Ah, que c'est me donner un conseil salutaire !
A t'on jamais veu sœur qui servist mieux un frére ?
Martian avec joye embrassera l'avis,
A peine parle-t'il que les siens sont suivis,
Et puisqu'á la Princesse il a promis un zèle
A tout oser pour moy sur l'ordre qu'il a d'elle;
Comme sa Créature, il fera hautement
Bien plus en sa faveur qu'en faveur d'un Amant.

IRENE.

Pour peu qu'il vous appuye, allez, l'affaire est seure;

LEON.

Aspar vient, faites luy, ma sœur, quelque ouverture,
Voyez. . . .

IRENE.

C'est un esprit qu'il faut mieux ménager,
Nous découvrir á luy c'est tout mettre en danger,
Il est ambitieux, adroit, & d'un mérite. . .

SCENE IV.

ASPAR, LEON, IRENE.

LEON.

Vous me pardonnez bien, Seigneur, si je vous quitte:
C'est suppléer assez á ce que je vous doy,
Que vous laisser ma sœur qui vous plaist plus que moy.

ASPAR.

Vous m'obligez, Seigneur, mais en cette occurrence
J'ay besoin avec vous d'un peu de conférence.

Du ſort de l'Univers nous allons décider.
L'affaire vous regarde, & peut me regarder,
Et ſi tous mes amis ne s'uniſſent aux voſtres,
Nos partis diviſez pourront céder á d'autres.
Agiſſons de concert, & ſans eſtre jaloux
En ce grand coup d'Etat, vous de moy, moy de vous,
Jurons nous que des deux qui que l'on puiſſe élire
Fera de ſon amy ſon Collégue a l'Empire,
Et pour nous l'aſſeurer voyons ſur qui des deux
Il eſt plus á propos de jetter tant de vœux,
Quel nom ſeroit plus propre á s'attirer le reſte.
Pour moy, j'y ſuis tout preſt, & dès icy j'atteste.. .

LEON.

Voſtre nom pour ce choix eſt plus fort que le mien,
Et je n'oſe douter que vous n'en uſiez bien;
Je craindrois de tout autre un dangereux partage,
Mais de vous, je n'ay pas, Seigneur, le moindre ombrage:
Et l'amitié voudroit vous en donner ma foy;
Mais c'eſt à la Princeſſe à diſpoſer de moy,
Je ne puis que par elle, & n'oſe rien ſans elle.

ASPAR.

Certes, s'il faut choiſir l'Amant le plus fidelle,
Vous l'allez emporter ſur tous ſans contredit,
Mais ce n'eſt pas, Seigneur, le point dont il s'agit;
Le plus flateur effort de la galanterie
Ne peut. . .

LEON.

Que voulez-vous? j'adore Pulchérie,
Et n'ayant rien d'ailleurs par où la mériter,
J'eſpére en ce doux tître, & j'aime á le porter.

ASPAR.

Mais il y va du troſne, & non d'une Maîtreſſe.

LEON.

Je vay faire, Seigneur, voſtre offre á la Princeſſe,

Elle sçait mieux que moy les besoins de l'Etat;
Adieu, je vous diray sa réponse au Sénat.

SCENE V.

ASPAR, IRENE.

IRENE.

IL a beaucoup d'amour.

ASPAR.

Oüy, Madame, & j'avouë
Qu'avec quelque raison la Princesse s'en louë:
Mais j'aurois souhaité qu'en cette occasion
L'amour concertast mieux avec l'ambition,
Et que son amitié s'en laissant moins séduire,
Ne nous exposast point á nous entredétruire.
Vous voyez qu'avec luy j'ay voulu m'accorder:
M'aimeriez vous encor si j'osois luy céder,
Moy qui doy d'autant plus mes soins á ma fortune,
Que l'amour entre nous la doit rendre commune?

IRENE.

Seigneur, lors que le mien vous a donné mon cœur,
Je n'ay point prétendu la main d'un Empereur,
Vous pouviez estre heureux sans m'apporter ce titre:
Mais du sort de Léon Pulchérie est l'arbitre,
Et l'orgueil de son sang avec quelque raison
Ne peut souffrir d'époux á moins de ce grand nom.
Avant que ce cher frére épouse la Princesse,
Il faut que le pouvoir s'unisse á la tendresse,
Et que le plus haut rang mette en leur plus beau jour
La grandeur du mérite, & l'excès de l'amour.

M'aimeriez-vous assez pour n'estre point contraire
A l'unique moyen de rendre heureux ce frére,
Vous qui dans vostre amour avez pû sans ennuy
Vous défendre de l'estre un moment avant luy
Et qui mériteriez qu'on vous fist mieux connoistre
Que, s'il ne le devient, vous aurez peine à l'estre.

ASPAR.

C'est aller un peu viste, & bien-tost m'insulter
En sœur de Souverain qui cherche à me quitter.
Je vous aime, & jamais une ardeur plus sincere...

IRENE.

Seigneur, est-ce m'aimer que de perdre mon frére?

ASPAR.

Voulez-vous que pour luy je me perde d'honneur?
Est-ce m'aimer que mettre à ce prix mon bon-heur?
Moy qu'on a veu forcer trois camps & vingt murailles,
Moy qui depuis dix ans ay gagné sept batailles,
N'ay-je acquis tant de nom que pour prendre la loy
De qui n'a commandé que sous Porcope, ou moy,
Que pour m'en faire un maistre, & m'attacher moy-mesme,
Un joug honteux au front au lieu d'un Diadème?

IRENE.

Je suis plus raisonnable, & ne demande pas
Qu'en faveur d'un amy vous descendiez si bas.
Pylade pour Oreste auroit fait davantage,
Mais de pareils efforts ne sont plus en usage,
Un grand cœur les dédaigne, & le Siécle a changé,
A s'aimer de plus près on se croit obligé,
Et des vertus du temps l'ame persuadée
Hait de ces vieux Héros la surprenante idée.

ASPAR.

Il y va de ma gloire, & les siécles passez...

IRENE.

Elle n'est pas, Seigneur, peut-estre où vous pensez;

Et quoy qu'un juste espoir ose vous faire croie,
S'exposer au refus c'est hazarder sa gloire.
La Princesse peut tout, ou du moins plus que vous;
Vous vous attirerez sa haine & son couroux,
Son amour l'intéresse, & son ame hautaine. . .

ASPAR.

Qu'on me fasse Empereur, & je crains peu sa haine.

IRENE.

Mais s'il faut qu'à vos yeux un autre préféré
Monte en dépit de vous à ce rang adoré,
Quel déplaisir! quel trouble! & quelle ignominie
Laissera pour jamais vostre gloire ternie!
Non, Seigneur, croyez-moy n'allez point au Sénat,
De vos hauts faits pour vous laissez parler l'éclat,
Qu'il sera glorieux que sans briguer personne
Ils fassent à vos pieds apporter la Couronne,
Que vostre seul mérite emporte ce grand choix,
Sans que vostre presence ait mendié de voix!
Si Procope, ou Léon, ou Martian l'emporte,
Vous n'aurez jamais eu d'ambition si forte,
Et vous desavoûrez tous ceux de vos amis
Dont la chaleur pour vous se sera trop permis.

ASPAR.

A ces hauts sentiments s'il me falloit répondre,
J'aurois peine, Madame, à ne me point confondre.
J'y voy beaucoup d'esprit, j'y trouve encor plus d'art;
Et ce que j'en puis dire à la haste, & sans fard,
Dans ces grands intérests vous montrer si sçavante,
C'est estre bonne sœur, & dangeureuse Amante.
L'heure me presse, adieu. J'ay des amis à voir,
Qui sçauront accorder ma gloire & mon devoir.
Le Ciel me prétera par eux quelque lumiére
A mettre l'un & l'autre en asseurance entiére,
Et répondre avec joye à tout ce que je doy
A vous, à ce cher frére, à la Princesse, à moy.

IRENE *ſeule.*

Perfide, tu n'es pas encor où tu te penſes,
J'ay pénétré ton cœur, j'ay veu tes eſpérances,
De ton amour pour moy je voy l'illuſion,
Mais tu n'en ſortiras qu'à ta confuſion.

Fin du prémier Acte.

ACTE II.

SCENE PREMIERE.

MARTIAN, JUSTINE.

JUSTINE.

NOstre illustre Princesse est donc Impératrice,
Seigneur?

MARTIAN.

A ses vertus on a rendu justice.
Léon l'a proposée, & quand je l'ay suivy,
J'en ay veu le Sénat au dernier point ravy.
Il a réduit soudain toutes ses voix en une,
Et s'est débarassé de la foule importune,
Du turbulent espoir de tant de Concurrents
Que la soif de régner avoit mis sur les rangs.

JUSTINE.

Ainsi voilà Léon asseuré de l'Empire.

MARTIAN.

Le Sénat, je l'avouë, avoit peine á l'élire,
Et contre les grands noms de ses Compétiteurs
Sa jeunesse eût trouvé d'assez froids Protecteurs.
Non qu'il n'ait du mérite, & que son grand courage
Ne se peust tout promettre avec un peu plus d'âge,
On n'a point veu si-tost tant de rares exploits:
Mais, & l'expérience, & les prémiers emplois,
Le tître éblouïssant de Général d'Armée,
Tout ce qui peut enfin grossir la Renommée,

Tout

Tout cela veut du temps, & l'amour aujourd'huy
Va faire ce qu'un jour son nom feroit pour luy.

JUSTINE.

Hélas, Seigneur !

MARTIAN.

Hélas, ma fille ! quel mystére
T'oblige á soupirer de ce que dit un pére ?

JUSTINE.

L'image de l'Empire en de si jeunes mains
M'a tiré ce soûpir pour l'Etat que je plains.

MARTIAN.

Pour l'intérest public rarement on soupire,
Si quelque ennuy secret n'y mesle son martyre:
L'un se cache sous l'autre & fait un faux éclat,
Et jamais á ton âge on ne plaignit l'Etat.

JUSTINE.

A mon âge un soûpir semble dire qu'on aime;
Cependant vous avez soûpiré tout de mesme,
Seigneur, & si j'osois vous le dire á mon tour...

MARTIAN.

Ce n'est point á mon âge á soûpirer d'amour,
Je le sçay, mais enfin chacun a sa foiblesse.
Aimerois-tu Léon?

JUSTINE.

Aimez vous la Princesse ?

MARTIAN.

Oublie en ma faveur que tu l'as deviné,
Et déments un soupçon qu'un soûpir t'a donné.
L'amour en mes pareils n'est jamais excusable,
Pour peu qu'on s'éxamine, on s'en tient méprisable,
On s'en hait, & ce mal qu'on n'ose découvrir
Fait encor plus de peine á cacher qu'á souffrir.
Mais t'en faire l'aveu, c'est n'en faire á personne;
La part que le respect, que l'amitié t'y donne,
Et tout ce que le sang en attire sur toy,
T'imposent de le taire une éternelle loy.

J'aime, & depuis dix ans ma flame & mon silence
Font á mon triste cœur égale violence :
J'écoute la raison, j'en gouste les avis,
Et les mieux écoutez sont le plus mal suivis.
Cent fois en moins d'un jour je guéris & retombe,
Cent fois je me révolte, & cent fois je succombe,
Tant ce calme forcé que j'étudie en vain
Près d'un si rare objet s'évanoüit soudain.

JUSTINE.

Mais pourquoy luy donner vous-mesme la couronne,
Quand á son cher Léon c'est donner sa personne?

MARTIAN.

Appren que dans un âge usé comme le mien,
Qui n'ose souhaiter, ny mesme accepter rien,
L'amour hors d'intérest s'attache á ce qu'il aime,
Et n'osant rien pour soy le sert contre soy-mesme.

JUSTINE.

N'ayant rien prétendu, dequoy soupirez-vous?

MARTIAN.

Pour ne prétendre rien on n'est pas moins jaloux,
Et ces desirs qu'éteint le déclin de la vie
N'empeschent pas de voir avec un œil d'envie,
Quand on est d'un mérite á pouvoir faire honneur,
Et qu'il faut qu'un autre âge emporte le bonheur.
Que le moindre retour vers nos belles années
Jétte alors d'amertume en nos ames génées!
Que n'ay-je veu le jour quelques lustres plus tard,
Disois-je, en ses bontez peut-estre aurois-je part,
Si le Ciel n'opposoit auprès de la Princesse
A l'excès de l'amour le manque de jeunesse.
De tant & tant de cœurs qu'il force á l'adorer
Devois-je estre le seul qui ne peust espérer?
J'aimois quand j'étois jeune, & ne déplaisois guére,
Quelquefois de soy mesme on cherchoit á me plaire,
Je pouvois aspirer au cœur le mieux placé :
Mais, hélas! j'étois jeune, & ce temps est passé.

Le ſouvenir en tuë, & l'on ne l'enviſage,
Qu'avec, s'il le faut dire, une eſpéce de rage:
On le repouſſe, on fait cent projets ſuperflus,
Le trait qu'on porte au cœur s'enfonce d'autant plus,
Et ce feu que de honte on s'obſtine á contraindre
Redouble par l'effort qu'on ſe fait pour l'éteindre.

JUSTINE.

Inſtruit que vous étiez des maux que fait l'amour,
Vous en pouviez, Seigneur, empeſcher le retour,
Contre toute ſa ruſe eſtre mieux ſur vos gardes.

MARTIAN.

Et l'ay je regardé comme tu le regardes,
Moy qui me figurois que ma caducité
Près de la beauté meſme étoit en ſeureté?
Je m'attachois ſans crainte á ſervir la Princeſſe,
Fier de mes cheveux blancs, & fort de ma foibleſſe,
Et quand je ne penſois qu'á remplir mon devoir,
Je devenois amant ſans m'en apercevoir.
Mon ame de ce feu nonchalamment ſaiſie
Ne l'a point reconnu que par ma jalouſie:
Tout ce qui l'approchoit vouloit me l'enlever,
Tout ce qui luy parloit cherchoit a m'en priver,
Je tremblois qu'á leurs yeux elle ne fuſt trop belle,
Je les haïſſois tous comme plus dignes d'elle,
Et ne pouvois ſouffrir qu'on s'enrichiſt d'un bien,
Que j'enviois á tous ſans y prétendre rien.
Quel ſupplice d'aimer un objet adorable,
Et de tant de rivaux ſe voir le moins aimable!
D'aimer plus qu'eux enſemble, & n'oſer de ſes feux,
Quelques ardents qu'ils ſoient, ſe promettre autant qu'eux!
On auroit deviné mon amour par ma peine,
Si la peur que j'en eus n'avoit fuy tant de geſne;
L'Auguste Pulchérie avoit beau me ravir,
J'attendois á la voir qu'il la falluſt ſervir.

Je fis plus, de Léon j'appuyay l'espérance,
La Princesse l'aima, j'en eus la confiance,
Et la dissuaday de se donner à luy,
Qu'il ne fust de l'Empire, ou le maistre, ou l'appuy.
Ainsi pour éviter un Hymen si funeste,
Sans rendre heureux Léon je détruisois le reste,
Et mettant un long terme au succès de l'amour,
J'esperois de mourir avant ce triste jour.
Nous y voila, ma fille, & du moins j'ay la joye
D'avoir à son triomphe ouvert l'unique voye,
J'en mourray du moment qu'il recevra sa foy;
Mais dans cette douceur qu'ils tiendront tout de moy.
J'ay caché si long-temps l'ennuy qui me dévore,
Qu'en dépit que j'en aye enfin il s'évapore,
L'aigreur en diminuë à te le raconter,
Fais-en autant du tien, c'est mon tour d'écouter.

JUSTINE.

Seigneur, un mot suffit pour ne vous en rien taire;
Le méme Astre a veu naistre, & la fille, & le pére,
Ce mot dit tout. Souffrez qu'une imprudente ardeur
Preste à s'évaporer respecte ma pudeur.
Je suis jeune, & l'amour trouvoit une ame tendre,
Qui n'avoit ny le soin, ny l'art de se défendre:
La Princesse qui m'aime & m'ouvroit ses secrets
Luy prétoit contre moy d'inévitables traits,
Et toutes les raisons dont s'appuyoit sa flame
Etoient autant de dards qui me traversoient l'ame.
Je pris sans y penser son exemple pour loy;
Un Amant digne d'elle est trop digne de moy,
Disois-je, & s'il brûloit pour moy comme pour elle,
Avec plus de bonté je recevrois son zèle.
Plus elle m'en peignoit les rares qualitez,
Plus d'une douce erreur mes sens étoient flatez.
D'un illustre avenir l'infaillible présage
Qu'on voit si hautement écrit sur son visage,

Son nom que je voyois croistre de jour en jour,
Pour moy comme pour elle étoient dignes d'amour.
Je les voyois d'accord d'un heureux Hyménée,
Mais nous n'en étions pas encor á la journée :
Quelque obstacle impréveu rompra de si doux nœuds,
Ajoûtois-je, & le temps éteint les plus beaux feux
C'est ce que m'inspiroit l'aimable réverie,
Dont jusqu'á ce grand jour ma flame s'est nourrie :
Mon cœur qui ne vouloit desespérer de rien
S'en faisoit á toute heure un charmant entretien.
Qu'on réve avec plaisir quand nostre ame blessée
Autour de ce qu'elle aime est toute ramassée!
Vous le sçavez, Seigneur, & comme á tous propos
Un doux je ne sçay quoy trouble nostre repos,
Un sommeil inquiet sur de confus nüages
Eléve incessamment de flateuses images,
Et sur leur vain rapport fait naistre des souhaits,
Que le réveil admire, & ne dédit jamais.
Ainsi prés de tomber dans un malheur extrème
J'en écartois l'idée en m'abusant moy-mesme :
Mais il faut renoncer á des abus si doux,
Et je me voy, Seigneur, au mesme état que vous.

MARTIAN.

Tu peux aimer ailleurs, & c'est un avantage
Que n'ose se permettre un amant de mon âge.
Choisi qui tu voudras, je sçauray l'obtenir ;
Mais écoutons Aspar que j'aperçoy venir.

SCENE II.

MARTIAN, ASPAR, JUSTINE.

ASPAR.

Seigneur, vostre suffrage a réuny les nostres,
Vostre voix a plus fait que n'auroient fait cent autres ;
Mais j'apprens qu'on murmure, & doute si le choix
Que fera la Princesse aura toutes les voix.

MARTIAN.

Et qui fait présumer de son incertitude
Qu'il aura quelque chose ou d'amer, ou de rude ?

ASPAR.

Son amour pour Léon, elle en fait son époux,
Aucun n'en veut douter.

MARTIAN.

Je le croy comme eux tous ;
Qu'y trouve-t'on à dire, & quelle défiance...

ASPAR.

Il est jeune, & l'on craint son peu d'expérience.
Considérez, Seigneur, combien c'est hazarder.
Qui n'a fait qu'obeir sçaura mal commander,
On n'a point veu sous luy d'Armée, ou de Province.

MARTIAN.

Jamais un bon Sujet ne devint mauvais Prince,
Et si le Ciel en luy répond mal à nos vœux,
L'Auguste Pulchérie en sçait assez pour deux.
Rien ne nous surprendra de voir la mesme chose
Où nos yeux se sont faits quinze ans sous Théodose ;

C'étoit un Prince foible, un esprit mal tourné,
Cependant avec elle il a bien gouverné.

ASPAR.

Cependant nous voyons six Généraux d'Armée,
Dont au commandement l'ame est accoûtumée.
Voudront-ils recevoir un ordre Souverain
De qui l'a jusqu'icy toujours pris de leur main ?
Seigneur, il est bien dur de se voir sous un maistre,
Dont on le fut toujours, & dont on devroit l'estre.

MARTIAN.

Et qui m'asseurera que ces six Généraux
Se réuniront mieux sous un de leurs égaux ?
Plus un pareil mérite aux grandeurs nous appelle,
Et plus la jalousie aux Grands est naturelle.

ASPAR.

Je les tiens réunis, Seigneur, si vous voulez,
Il est, il est encor des noms plus signalez,
J'en sçay qui leur plairoient, & s'il vous faut plus dire,
Advoüez en mon zèle, & je vous fais élire.

MARTIAN.

Moy, Seigneur, dans un aage où la tombe m'attend!
Un maistre pour deux jours n'est pas ce qu'on prétend,
Je sçay le poids d'un sceptre, & connoy trop mes forces,
Pour estre encor sensible à ces vaines amorces.
Les ans qui m'ont usé l'esprit comme le corps
Abatroient tous les deux sous les moindres efforts;
Et ma mort que par là vous verriez avancée
Rendroit a tant d'égaux leur prémiére pensée,
Et feroit une triste & prompte occasion
De rejetter l'Etat dans la division.

ASPAR.

Pour eviter les maux qu'on en pourroit attendre,
Vous pourriez partager vos soins avec un gendre,

L'instaler dans le trosne, & le nommer César.

MARTIAN.

Il faudroit que ce gendre eust les vertus d'Aspar;
Mais vous aimez ailleurs, & ce seroit un crime
Que de rendre infidelle un cœur si magnanime.

ASPAR.

J'aime, & ne me sens pas capable de changer;
Mais d'autres vous diroient, que pour vous soulager,
Quand leur amour iroit jusqu'á l'idolatrie,
Ils le sacrifîroient au bien de la Patrie.

JUSTINE.

Certes qui m'aimeroit pour le bien de l'Etat
Ne me trouveroit pas, Seigneur, un cœur ingrat,
Et je luy rendrois grace au nom de tout l'Empire:
Mais vous étes constant, & s'il vous faut plus dire,
Quoy que le bien public jamais puisse éxiger,
Ce ne sera pas moy qui vous feray changer.

MARTIAN.

Revenons á Léon. J'ay peine á bien comprendre
Quels malheurs d'un tel choix nous aurions lieu d'attendre.
Quiconque vous verra le mary de sa sœur,
S'il ne le craint assez, craindra son defenseur,
Et si vous me contez encor pour quelque chose,
Mes conseils agiront comme sous Théodose.

ASPAR.

Nous en pourrons tous deux avoir le dementy.

MARTIAN.

C'est á faire á périr pour le meilleur party,
Il ne m'en peut coûter qu'une mourante vie,
Que l'aage & ses chagrins m'auront bien-tost ravie.
Pour vous, qui d'un autre œil regardez ce danger,
Vous avez plus á vivre, & plus á ménager,
Et je n'empesche pas qu'auprès de la Princesse
Vostre zèle n'éclate autant qu'il s'intéresse.

Vous

Vous pouvez l'avertir de ce que vous croyez,
Luy dire de ce choix ce que vous prévoyez,
Luy proposer sans fard celuy qu'elle doit faire;
La vérité luy plaist, & vous pourrez luy plaire:
Je changeray comme elle alors de sentiments,
Et tiens mon ame preste á ses commandements.

ASPAR.

Parmy les véritez il en est de certaines
Qu'on ne dit point en face aux testes Souveraines,
Et qui veulent de nous un tour, un Ascendant,
Qu'aucun ne peut trouver qu'un Ministre prudent.
Vous ferez mieux valoir ces marques d'un vray zèle,
M'en ouvrant avec vous, je m'acquite envers elle,
Et n'ayant rien de plus qui m'améne en ce lieu,
Je vous en laisse maistre, & me retire. Adieu.

SCENE III.

MARTIAN, JUSTINE.

MARTIAN.

Le dangereux esprit! & qu'avec peu de peine
Il manqueroit d'amour & de foy pour Iréne!
Des rivaux de Léon il est le plus jaloux,
Et roule des projets qu'il ne dit pas á tous.

JUSTINE.

Il n'á pour but, Seigneur, que le bien de l'Empire.
Détrosnez la Princesse, & faites vous élire,
C'est un Amant pour moy que je n'attendois pas,
Qui vous soulagera du poids de tant d'Etats.

MARTIAN.

C'est un homme, & je veux qu'un jour il t'en souvienne,
C'est un homme á tout perdre á moins qu'on le prévienne.
Mais Léon vient déja nous vanter son bon-heur.
Arme-toy de constance, & prépare un grand cœur,
Et quelque émotion qui trouble ton courage,
Contre tout son desordre affermy ton visage.

SCENE IV.

LEON, MARTIAN, JUSTINE.

LEON.

L'Auriez-vous creu jamais, Seigneur, je suis perdu.

MARTIAN.

Seigneur, que dites-vous ? ay-je bien entendu ?

LEON.

Je le suis sans ressource, & rien plus ne me flate,
J'ay reveu Pulchérie, & n'ay veu qu'une ingrate;
Quand je croy l'acquérir, c'est lors que je la perds,
Et me détruis moy-mesme alors que je la sers.

MARTIAN.

Expliquez-vous, Seigneur, parlez en confiance,
Fait elle un autre choix ?

LEON.

Non, mais elle balance,
Elle ne me veut pas encor desespérer,
Mais elle prend du temps pour en délibérer.

Son choix n'est plus pour moy puisqu'elle le différe,
L'Amour n'est point le maistre alors qu'on délibére,
Et je ne sçaurois plus me promettre sa foy,
Moy qui n'ay que l'Amour qui luy parle pour moy,
Ah Madame. . .

JUSTINE.

Seigneur. . .

LEON.

Auriez-vous pu le croire?

JUSTINE.

L'amour qui délibére est seur de sa victoire,
Et quand d'un vray mérite il s'est fait un appuy
Il n'est point de raisons qui ne parlent pour luy.
Souvent il aime á voir un peu d'impatience,
Et feint de réculer lors que plus il avance,
Ce moment d'amertume en rend les fruits plus doux,
Aimez, & laissez faire une ame toute á vous.

LEON.

Toute á moy! mon malheur n'est que trop véritable,
J'en ay préveu le coup, je le sens qui m'accable.
Plus elle m'asseuroit de son affection,
Plus je me faisois peur de son ambition,
Je ne sçavois des deux quelle étoit la plus forte:
Mais il n'est que trop vray; l'ambition l'emporte;
Et si son cœur encor luy parle en ma faveur,
Son trosne me dédaigne en dépit de son cœur.
Seigneur, parlez pour moy, parlez pour moy, Madame,
Vous pouvez tout sur elle, & lisez dans son ame,
Peignez luy bien mes feux, retracez luy les siens,
Rappellez dans son cœur leurs plus doux entretiens;
Et si vous concevez de quelle ardeur je l'aime,
Faites luy souvenir qu'elle m'aimoit de mesme.
Elle mesme a brigué pour me voir Souverain,
J'étois sans ce grand titre indigne de sa main;

Mais si je ne l'ay pas, ce tître qui l'enchante,
Seigneur, á qui tient-il qu'á son humeur changeante ?
Son orgueil contre moy doit-il s'en prévaloir,
Quand pour me voir au trosne elle n'a qu'á vouloir ?
Le Sénat n'a pour elle appuyé mon suffrage,
Qu'afin que d'un beau feu ma Grandeur fust l'ouvrage,
Il sçait depuis quel temps il luy plaist de m'aimer,
Et quand il l'a nommée, il a creu me nommer.
Allez, Seigneur, allez empescher son parjure,
Faites qu'un Empereur soit vostre Créature.
Que je vous céderois ce grand tître aisément,
Si vous pouviez sans luy me rendre heureux amant !
Car enfin mon amour n'en veut qu'á sa personne,
Et n'a d'ambition que ce qu'on m'en ordonne.

MARTIAN.

Nous allons, & tous deux, Seigneur, luy faire voir
Qu'elle doit mieux user de l'absolu pouvoir.
Modérez cependant l'excès de vostre peine,
Remettez vos esprits dans l'entretien d'Iréne.

LEON.

D'Iréne ? & ses conseils m'ont trahy, m'ont perdu.

MARTIAN.

Son zèle pour un frére a fait ce qu'il a dû,
Pouvoit-elle prévoir cette supercherie
Qu'a faite á vostre amour l'orgueil de Pulchérie ?
J'ose en parler ainsi, mais ce n'est qu'entre nous.
Nous luy rendrons l'esprit plus traitable & plus doux,
Et vous rapporterons son cœur & ce grand tître.
Allez.

LEON.

Entre-elle & moy que n'étes vous l'arbitre !

Adieu, c'est de vous seuls que je puis recevoir.
Dequoy garder encor quelque reste déspoir.

SCENE V.

MARTIAN, JUSTINE.

MARTIAN.

JUstine, tu le vois, ce bienheureux obstacle,
Dont ton amour sembloit pressentir le miracle.
Je ne te défens point en cette occasion
De prendre un peu d'espoir sur leur division,
Mais garde toy d'avoir une ame assez hardie,
Pour faire á leur amour la moindre perfidie.
Le mien de ce revers s'applique tant de part,
Que j'espére en mourir quelques momens plus tard;
Mais de quel front enfin leur donner á connoistre
Les périls d'un amour que nous avons veu naistre,
Dont nous avons tous deux été les confidens,
Et peut estre formé les traits les plus ardents?
De tous leurs déplaisirs c'est nous rendre coupables
Servons les en amis, en amants véritables,
Le véritable amour n'est point intéressé.
Allons, j'acheveray comme j'ay commencé,
Suy l'exemple, & fay voir qu'une ame généreuse
Trouve dans sa vertu dequoy se rendre heureuse,
D'un sincére devoir fait son unique bien,
Et jamais ne s'expose à se reprocher rien.

Fin du second Acte.

ACTE III.

SCENE PREMIERE.

PULCHERIE, MARTIAN, JUSTINE.

PULCHERIE.

Je vous ay dit mon ordre. Allez, Seigneur, de grace
Sauver mon triste cœur du coup qui le menace,
Mettez tout le Sénat dans ce cher intéreſt.

MARTIAN.

Madame, il ſçait aſſez combien Léon vous plaiſt,
Et le nomme aſſez haut, alors qu'il vous défére
Un choix que voſtre amour vous a déja fait faire.

PULCHERIE.

Que ne m'en fait-il donc une obligeante loy?
Ce n'eſt pas le choiſir que s'en remettre á moy,
C'eſt attendre l'iſſuë á couvert de l'orage:
Si l'on m'en applaudit, ce ſera ſon ouvrage,
Et ſi j'en ſuis blâſmée, il n'y veut point de part.
En doute du ſuccès il en fuit le hazard,
Et lors que je l'en veux garand vers tout le monde,
Il veut qu'à l'Univers moy ſeule j'en réponde.
Ainſi m'abandonnant au choix de mes ſouhaits,
S'il eſt des mécontents, moy ſeule je les fais,
Et je devray moy ſeule appaiſer le murmure
De ceux á qui ce choix ſemblera faire injure,

Prévenir leur révolte, & calmer les mutins
Qui porteront envie á nos heureux destins.

MARTIAN.

Aspar vous aura veuë, & cette ame chagrine...

PULCHERIE.

Il m'a veuë, & j'ay veu quel chagrin le domine,
Mais il n'a pas laissé de me faire juger
Du choix que fait mon cœur quel sera le danger.
Il part de bons avis quelquefois de la haine,
On peut tirer du fruit de tout ce qui fait peine;
Et des plus grands desseins qui veut venir á bout
Préte l'oreille á tous, & fait profit de tout.

MARTIAN.

Mais vous avez promis, & la foy qui vous lie...

PULCHERIE.

Je suis Impératrice, & j'étois Pulchérie.
De ce trosne ennemy de mes plus doux souhaits
Je regarde l'Amour comme un de mes Sujets:
Je veux que le respect qu'il doit á ma Couronne
Repousse l'attentat qu'il fait sur ma personne,
Je veux qu'il m'obeïsse au lieu de me trahir,
Je veux qu'il donne á tous l'éxemple d'obeïr,
Et jalouse déja de mon pouvoir suprême,
Pour l'affermir sur tous je le prens sur moy mesme.

MARTIAN.

Ainsi donc ce Léon qui vous étoit si cher...

PULCHERIE.

Je l'aime d'autant plus qu'il m'en faut détacher.

MARTIAN.

Seroit-il á vos yeux moins digne de l'Empire,
Qu'alors que vous pressiez le Sénat de l'élire?

PULCHERIE.

Il falloit qu'on le vist des yeux dont je le voy,
Que de tout son mérite on convinst avec moy,
Et que par une estime éclatante & publique
On mist l'Amour d'accord avec la Politique.

J'aurois déja remply l'espoir d'un si beau feu,
Si le choix du Sénat m'en eust donné l'aveu,
J'aurois pris le party dont il me faut défendre,
Et si jusqu'á Léon je n'ose plus descendre,
Il m'étoit glorieux, le voyant Souverain,
De remonter au trosne en luy donnant la main.

MARTIAN.

Vostre cœur tiendra bon pour luy contre tous autres.

PULCHERIE.

S'il a ces sentimens, ce ne sont pas les vostres,
Non, Seigneur, c'est Léon, c'est son juste courroux,
Ce sont ses déplaisirs qui s'expliquent par vous.
Vous prétez vostre bouche, & n'étes pas capable
De donner á ma gloire un conseil qui l'accable.

MARTIAN.

Mais ses rivaux ont ils plus de mérite?

PULCHERIE.

Non,
Mais ils ont plus d'employ, plus de rang, plus de nom,
Et si de ce grand choix ma flame est la maîtresse,
Je commence á régner par un trait de foiblesse.

MARTIAN.

Et tenez-vous fort seur qu'une legéreté
Donnera plus d'éclat á vostre Dignité?
Pardonnez moy ce mot, s'il a trop de franchise,
Le Peuple aura peut-estre une ame moins soumise:
Il aime á censurer ceux qui luy font la loy,
Et vous reprochera jusqu'au manque de foy.

PULCHERIE.

Je vous ay déja dit ce qui m'en justifie,
Je suis Impératrice, & j'étois Pulchérie.
J'ose vous dire plus. Léon a des jaloux,
Qui n'en font pas, Seigneur, mesme estime, que nous.
Pour surprenant que soit l'essay de son courage,
Les vertus d'Empereur ne sont point de son âge,

Il eſt jeune, & chez eux c'eſt un ſi grand defaut,
Que ce mot prononcé détruit tout ce qu'il vaut.
Si donc j'en fais le choix, je paroiſtray le faire
Pour régner ſous ſon nom ainſi que ſous mon frére:
Vous meſme qu'ils ont veu ſous luy dans un employ,
Où vos conſeils régnoient autant & plus que moy,
Ne donnerez-vous point quelque lieu de vous dire
Que vous n'aurez voulu qu'un fantoſme á l'Empire,
Et que dans un tel choix vous vous ſerez flaté
De garder en vos mains toute l'authorité?

MARTIAN.

Ce n'eſt pas mon deſſein, Madame, & s'il faut dire
Sur le choix de Léon ce que le Ciel m'inspire,
Dès cet heureux moment qu'il ſera voſtre époux,
J'abandonne Byzance, & prens congé de vous,
Pour aller dans le calme & dans la ſolitude
De la mort qui m'attend faire l'heureuſe étude.
Voilà comme j'aspire á gouverner l'Etat.
Vous m'avez commandé d'aſſembler le Sénat,
J'y vay, Madame.

PULCHERIE.

Quoy! Martian m'abandonne
Quand il faut ſur ma teſte affermir la Couronne!
Luy de qui le grand cœur, la prudence, la foy...

MARTIAN.

Tout le prix que j'en veux, c'eſt de mourir á moy.

SCENE II.

PULCHERIE, JUSTINE.

PULCHERIE.

Que me dit-il, Justine, & de quelle retraite
Ose-t'il menacer l'Hymen qu'il me souhaite?
De Léon près de moy ne se fait-il l'appuy,
Que pour mieux dédaigner de me servir sous luy?
Le hait-il? le craint-il? & par quelle autre cause...

JUSTINE.

Qui que vous épousiez, il voudra mesme chose.

PULCHERIE.

S'il étoit dans un âge á prétendre ma foy,
Comme il seroit de tous le plus digne de moy,
Ce qu'il donne á penser auroit quelque apparence,
Mais les ans l'ont dû mettre en entiére asseurance.

JUSTINE.

Que sçavons-nous, Madame? Est-il dessous les Cieux
Un cœur impénétrable au pouvoir de vos yeux?
Ce qu'ils ont d'habitude á faire des conquestes
Trouve á prendre vos fers les ames toujours prestes,
L'âge n'en met aucune á couvert de leurs traits.
Non que sur Martian j'en sçache les effets;
Il m'a dit comme á vous que ce grand Hyménée
L'envoîra loin d'icy finir sa Destinée,
Et si j'ose former quelque soupçon confus,
Je parle en général, & ne sçay rien de plus.
Mais pour vostre Léon, étes-vous résoluë
A le perdre aujourd'huy de puissance absoluë?

Car ne l'épouser pas c'est le perdre en effet.

PULCHERIE.

Pour te monstrer la gesne où son nom seul me met,
Souffre que je t'explique en faveur de sa flame
La tendresse du cœur après la grandeur d'ame.
Léon seul est ma joye, il est mon seul desir,
Je n'en puis choisir d'autre, & n'ose le choisir,
Depuis trois ans unie à cette chére idée
J'en ay l'ame à toute heure, en tous lieux obsédée,
Rien n'en détachera mon cœur que le trépas:
Encor après ma mort n'en répondrois-je pas,
Et si dans le tombeau le Ciel permet qu'on aime,
Dans le fonds du tombeau je l'aimeray de mesme.
Trosne qui m'éblouïs, tîtres qui me flatez,
Pourrez-vous me valoir ce que vous me coûtez,
Et de tout vostre orgueil la pompe la plus haute
A-t'elle un bien égal á celuy qu'elle m'oste?

JUSTINE.

Et vous pouvez penser á prendre un autre époux?

PULCHERIE.

Ce n'est pas, tu le sçais, á quoy je me résous.
Si ma gloire á Léon me défend de me rendre,
De tout autre que luy l'amour sçait me défendre.
Qu'il est fort, cet amour! sauve m'en, si tu peux,
Voy Léon, parle luy, dérobe moy ses vœux:
M'en faire un prompt larcin c'est me rendre un service,
Qui sçaura m'arracher des bords du précipice:
Je le crains, je me crains, s'il n'engage sa foy,
Et je suis trop á luy tant qu'il est tout á moy.
Sens tu d'un tel effort ton amitié capable?
Ce Héros n'a-t'il rien qui te paroisse aimable?
Au pouvoir de tes yeux j'uniray mon pouvoir,
Parle, que résous-tu de faire?

JUSTINE.

Mon devoir.

Je sors d'un sang, Madame, á me rendre assez vaine
Pour attendre un époux d'une main Souveraine,
Et n'ayant point d'amour que pour ma liberté,
S'il la faut immoler á vostre seureté,
J'oseray... mais voicy ce cher Léon. Madame,
Voulez vous...

PULCHERIE.

Laisse-moy consulter mieux mon ame.
Je ne sçay-pas encor trop bien ce que je veux,
Attens un nouvel ordre, & suspens tous tes vœux.

SCENE III.

PULCHERIE, LEON, JUSTINE.

PULCHERIE.

SEigneur, qui vous raméne? est-ce l'impatience
D'adjouster á mes maux ceux de vostre presence,
De livrer tout mon cœur a de nouveaux combats,
Et souffray-je trop peu quand je ne vous voy pas?

LEON.

Je viens sçavoir mon sort.

PULCHERIE.

N'en soyez point en doute,
Je vous aime, & nous plains. C'est là me peindre toute,
C'est tout ce que je sens; & si vostre amitié
Sentoit pour mes malheurs quelque trait de pitié,
Elle m'épargneroit cette fatale veuë,
Qui me perd, m'assassine, & vous mesme vous tuë.

LEON.

Vous m'aimez, dites-vous?

PULCHERIE.

Plus que jamais.

LEON.

Hélas!
Je souffrirois bien moins si vous ne m'aimiez pas.
Pourquoy m'aimer encor seulement pour me plaindre?

PULCHERIE.

Comment cacher un feu que je ne puis éteindre?

LEON.

Vous l'étouffez du moins sous l'orgueil scrupuleux
Qui fait seul tous les maux dont nous mourons tous deux:
Ne vous en plaignez point, le vostre est volontaire,
Vous n'avez que celuy qu'il vous plaist de vous faire,
Et ce n'est pas pour estre aux termes d'en mourir,
Que d'en pouvoir guérir dès qu'on s'en veut guérir.

PULCHERIE.

Moy seule je me fais les maux dont je soupire!
A-ce été sous mon nom que j'ay brigué l'Empire?
Ay-je employé mes soins, mes amis que pour vous?
Ay-je cherché par là qu'á vous voir mon époux!
Quoy! Vostre déférence á mes efforts s'oppose,
Elle rompt mes projets, & seule j'en suis cause!
M'avoir fait obtenir plus qu'il ne m'étoit deu,
C'est ce qui m'a perduë, & qui vous a perdu.
Si vous m'aimiez, Seigneur, vous me deviez mieux croire,
Ne pas intéresser mon devoir & ma gloire;
Ce sont deux ennemis que vous nous avez faits,
Et que tout nostre amour n'appaisera jamais.
Vous m'accablez en vain de soupirs, de tendresse,
En vain mon triste cœur en vos maux s'intéresse,
Et vous rend en faveur de nos communs desirs
Tendresse pour tendresse, & soupirs pour soupirs,
Lors qu'à des feux si beaux je rens cette justice,
C'est l'Amante qui parle, oyez l'Impératrice.

Ce tître est vostre ouvrage, & vous me l'avez dit,
D'un service si grand vostre espoir s'applaudit,
Et s'est fait en aveugle un obstacle invincible,
Quand il a crû se faire un succès infaillible.
Appuyé de mes soins, asseuré de mon cœur,
Il falloit m'apporter la main d'un Empereur,
M'élever jusqu'á vous en heureuse Sujette,
Ma joye étoit entiére & ma gloire parfaite.
Mais puis-je avec ce nom mesme chose pour vous?
Il faut nommer un maistre, & choisir un époux,
C'est la loy qu'on m'impose, ou plûtost c'est la peine
Qu'on attache aux douceurs de me voir Souveraine.
Je sçay que le Sénat d'une commune voix
Me laisse avec respect la liberté du choix,
Mais il attend de moy celuy du plus grand homme
Qui respire aujourd'huy dans l'une & l'autre Rome.
Vous l'étes, j'en suis seure, & toutefois, hélas!
Un jour on le croira, mais . . .

LEON.

On ne le croit pas,
Madame, il faut encor du temps & des services;
Il y faut du Destin quelques heureux caprices,
Et que la Renommée instruite en ma faveur
Séduisant l'Univers impose á ce grand cœur.
Cependant admirez comme un Amant se flate.
J'avois creu vostre gloire un peu moins délicate,
J'avois creu mieux répondre á ce que je vous doy
En tenant tout de vous, qu'en vous l'offrant en moy,
Et qu'auprès d'un objet que l'amour sollicite
Ce mesme amour pour moy tiendroit lieu de mérite.

PULCHERIE.

Ouy, mais le tiendra-t'il auprès de l'Univers
Qui sur un si grand choix tient tous ses yeux ouverts?
Peut-estre le Sénat n'ose encor vous élire,
Et si je m'y hazarde, osera m'en dédire,

Peut-estre qu'il s'apreste á faire ailleurs sa Cour
Du honteux desaveu qu'il garde à nostre amour :
Car, ne nous flatons point, ma gloire inéxorable
Me doit au plus illustre, & non au plus aimable,
Et plus ce rang m'éléve, & plus sa Dignité
M'en fait avec hauteur une nécessité.

LEON.

Rabatez ces hauteurs où tout le cœur s'oppose,
Madame, & pour tous deux hazardez quelque chose :
Tant d'orgueil & d'amour ne s'accordent pas bien,
Et c'est ne point aimer que ne hazarder rien.

PULCHERIE.

S'il n'y faut que mon sang, je veux bien vous en croire,
Mais c'est trop hazarder qu'y hazarder ma gloire,
Et plus je ferme l'œil aux périls que j'y cours,
Plus je voy que c'est trop qu'y hazarder vos jours.
Ah ! si la voix publique enfloit vostre espérance
Jusqu'á me demander pour vous la préférence,
Si des noms que la gloire á l'envy me produit
Le plus cher á mon cœur faisoit le plus de bruit,
Qu'aisément á ce bruit on me verroit souscrire,
Et remettre en vos mains ma personne & l'Empire !
Mais l'Empire vous fait trop d'illustres jaloux.
Dans le fond de ce cœur je vous préfére á tous,
Vous passez les plus grands, mais ils sont plus en veuë,
Vos vertus n'ont point eu toute leur étenduë,
Et le Monde ébloüy par des noms trop fameux
N'ose espérer de vous ce qu'il présume d'eux.
Vous aimez, vous plaisez, c'est tout auprès des femmes,
C'est par là qu'on surprend, qu'on enléve leurs ames,

Mais pour remplir un trosne & s'y faire estimer
Ce n'est pas tout, Seigneur, que de plaire & d'aimer.
La plus ferme couronnne est bien-tost ébranlée
Quand un effort d'amour semble l'avoir volée,
Et pour garder un rang si cher á nos desirs
Il faut un plus grand art que celuy des soûpirs.
Ne vous abaissez pas á la honte des larmes,
Contre un devoir si fort ce sont de foibles armes;
Et si de tels secours vous couronnoient ailleurs,
J'aurois pitié d'un sceptre acheté par des pleurs.

LEON.

Ah! Madame, aviez vous de si fiéres pensées
Quand vos bontez pour moy se sont intéressées?
Me disiez-vous alors que le Gouvernement
Demandoit un autre art que celuy d'un Amant?
Si le Sénat eust joint ses suffrages au vostre,
J'en aurois parû digne, autant, ou plus qu'un autre,
Ce grand art de règner eust suivy tant de voix,
Et vous-mesme. . .

PULCHERIE.

Ouy, Seigneur, j'aurois suivy ce choix,
Seure que le Sénat jaloux de son suffrage
Contre tout l'Univers maintiendroit son ouvrage.
Tel contre vous & moy s'osera révolter,
Qui contre un si grand Corps craindroit de s'emporter,
Et méprisant en moy ce que l'amour m'inspire,
Respecteroit en luy le Démon de l'Empire.

LEON.

Mais l'offre qu'il vous fait d'en croire tous vos vœux. . .

PULCHERIE.

N'est qu'un refus moins rude, & plus respectueux.

LEON.

LEON.

Quelles illusions de gloire Chimérique,
Quels farouches égards de dure Politique,
Dans ce cœur tout á moy, mais qu'en vain j'ay charmé,
Me font le plus aimable & le moins estimé?

PULCHERIE.

Arrétez, mon amour ne vient que de l'estime.
Je vous vois un cœur grand, une vertu sublime,
Une ame, une valeur digne de mes Ayeux,
Et si tout le Sénat avoit les mesmes yeux...

LEON.

Laissons lâ le Sénat, & m'appreuez de grace,
Madame, á quel heureux je dois quitter la place,
Qui je dois imiter pour obtenir un jour
D'un orgueil souverain le prix d'un juste amour.

PULCHERIE.

J'auray peine á choisir. Choisissez le vous-mesme,
Cet heureux, & nommez qui vous voulez que j'aime,
Mais vous souffrez assez sans devenir jaloux.
J'aime, & si ce grand choix ne peut tomber sur vous,
Aucun autre du moins, quelque ordre qu'on m'en donne,
Ne se verra jamais maistre de ma personne:
Je le jure en vos mains, & j'y laisse mon cœur.
N'attendez rien de plus à moins d'estre Empereur,
Mais j'entens, Empereur, comme vous devez l'estre,
Par le choix d'un Sénat qui vous prenne pour maistre,
Qui d'un Etat si grand vous fasse le soûtien,
Et d'un commun suffrage authorise le mien.
Je le fais r'assembler exprès pour vous élire,
Ou me laisser moy seule á gouverner l'Empire,

Et ne plus m'asservir á ce dangereux choix,
S'il ne me veut pour vous donner toutes ses voix.
Adieu, Seigneur, je crains de n'estre plus maistresse
De ce que vos regards m'inspirent de foiblesse,
Et que ma peine égale á vostre déplaisir
Ne couste á mon amour quelque indigne soupir.

SCENE IV.

LEON, JUSTINE.

LEON.

C'Est trop de retenuë, il est temps que j'éclate.
Je ne l'ay point nommée ambitieuse, ingrate;
Mais le Sujet enfin va céder á l'Amant,
Et l'excès du respect au juste emportement.
Dites le moy, Madame, a-t'on veu perfidie
Plus noire au fond de l'ame, au dehors plus hardie?
A t'on veu plus d'étude attacher la raison
A l'indigne secours de tant de trahison?
Loin d'en baisser les yeux, l'orgueilleuse en fait gloire,
Elle nous l'ose peindre en illustre victoire;
L'honneur & le devoir eux seuls la font agir;
Et m'étant plus fidelle, elle auroit á rougir.

JUSTINE.

La gesne qu'elle en souffre égale bien la vostre:
Pour vous elle renonce á choisir aucun autre,
Elle mesme en vos mains en a fait le serment.

LEON.

Illusion nouvelle, & pur amusement.

Il n'est, Madame ; il n'est que trop de conjonctures
Où les nouveaux serments sont de nouveaux parjures,
Qui sçait l'art de régner les rompt avec éclat,
Et ne manque jamais de cent raisons d'Etat.

JUSTINE.

Mais si vous la piquiez d'un peu de jalousie,
Seigneur ? si vous brouilliez par lá sa fantaisie ?
Son amour mal éteint pourroit vous rappeller,
Et sa gloire auroit peine á vous laisser aller.

LEON.

Me soupçonneriez-vous d'avoir l'ame assez basse
Pour employer la feinte á tromper ma disgrace ?
Je suis jeune, & j'en fais trop mal icy ma Cour,
Pour joindre á ce defaut un faux éclat d'amour.

JUSTINE.

L'agréable defaut, Seigneur, que la jeunesse !
Et que de vos jaloux l'importune sagesse,
Toute fiére qu'elle est, le voudroit racheter
De tout ce qu'elle croit, & croira mériter !
Mais si feindre en amour á vos yeux est un crime,
Portez sans feinte ailleurs vostre plus tendre estime,
Punissez tant d'orgueil par de justes dedains,
Et mettez vostre cœur en de plus seures mains.

LEON.

Vous voyez qu'á son rang elle me sacrifie,
Madame, & vous voulez que je la justifie !
Qu'aprés tous les mépris qu'elle montre pour moy ;
Je luy préte un exemple á me voler sa foy !

JUSTINE.

Aimez á cela prés, & sans vous mettre en peine
Si c'est justifier, ou punir l'inhumaine,
Songez que si vos vœux en étoient mal receus,
On pourroit avec joye accepter ses refus.
L'honneur qu'on se feroit á vous détacher d'elle
Rendroit cette conqueste & plus noble & plus belle.

Plus il faut de mérite á vous rendre inconstant,
Plus en auroit de gloire un cœur qui vous attend ;
Car peut-estre en est-il, que la Princesse mesme
Condamne á vous aimer dès que vous direz, j'aime.
Adieu, c'en est assez pour la prémiére fois.

LEON.

O Ciel! délivre moy du trouble où tu me vois.

Fin du troisiesme Acte.

ACTE IV.

SCENE PREMIERE.

JUSTINE, IRENE.

JUSTINE.

NOn, vostre cher Aspar n'aime point la Princesse,
Ce n'est que pour le rang que tout son cœur s'empresse ;
Et si l'on eust choisi mon pére pour César,
J'aurois déja les vœux de cet illustre Aspar.
Il s'en est expliqué tantost en ma presence,
Et tout ce que pour elle il a de complaisance,
Tout ce qu'il luy veut faire, ou craindre, ou dédaigner,
Ne doit estre imputé qu'á l'ardeur de régner.
Pulchérie a des yeux qui percent le mystére,
Et le croit plus rival qu'amy de ce cher frére ;
Mais comme elle balance, elle écoute aisément
Tout ce qui peut d'abord flater son sentiment.
Voilà ce que j'en sçay.

IRENE.

Je ne suis point surprise
De tout ce que d'Aspar m'apprend vostre franchise.
Vous ne m'en dites rien que ce que j'en ay dit,
Lors qu'á Léon tantost j'ay dépeint son esprit,

Et j'en ay pénétré l'ambition ſecrette,
Jusques á preſſentir l'offre qu'il vous a faite.
Puiſqu'en vain je m'attache á qui ne m'aime pas,
Il faut avec honneur franchir ce mauvais pas,
Il faut á ſon éxemple avoir ma Politique,
Trouver á ma disgrace une face héroïque,
Donner á ce divorce une illustre couleur,
Et ſous de beaux dehors dévorer ma douleur.
Dites-moy cependant, que deviendra mon frére?
D'un ſi parfait amour que faut-il qu'il espére?

JUSTINE.

On l'aime, & fortement & bien plus qu'on ne veut,
Mais pour s'en détacher on fait tout ce qu'on peut.
Faut-il vous dire tout? on m'a commandé meſme
D'eſſayer contre luy l'art & le ſtratagème.
On me devra beaucoup ſi je puis l'ébranler,
On me donne ſon cœur ſi je le puis voler,
Et déja pour eſſay de mon obeïſſance
J'ay porté quelque attaque, & fait un peu d'avance;
Vous pouvez bien juger comme il a rebuté,
Fidelle amant qu'il eſt, cette importunité,
Mais pour peu qu'il vous plûſt appuyer l'artifice,
Cet appuy tiendroit lieu d'un ſignalé ſervice.

IRENE.

Ce n'eſt point un ſervice á prétendre de moy,
Que de porter mon frére á garder mal ſa foy;
Et quand á vous aimer j'aurois ſçeu le réduire,
Quel fruit ſon changement pourroit-il luy produire?
Vous qui ne l'aimez point, pourriez-vous l'accepter?

JUSTINE.

Léon ne ſçauroit eſtre un homme á rejetter,
Et l'on voit ſi ſouvent aprés la foy donnée
Naiſtre un parfait amour d'un pareil Hyménée,
Que ſi de ſon coſté j'y voyois quelque jour,
J'espérerois bien-toſt de l'aimer á mon tour.

IRENE.

C'est trop, & trop peu dire. Est-il encor á naistre,
Cét amour? est-il né?

JUSTINE.

Cela pourroit bien estre.
Ne l'examinons point avant qu'il en soit temps,
L'occasion viendra peut-estre, & je l'attens.

IRENE.

Et vous servez Léon auprès de la Princesse?

JUSTINE.

Avec sincérité pour luy je m'intéresse,
Et si j'en étois creuë, il auroit le bonheur
D'en obtenir la main, comme il en a le coeur.
J'obéis cependant aux ordres qu'on me donne
Et souffrirois ses voeux, s'il perdoit la couronne.
Mais la Princesse vient.

SCENE II.

PULCHERIE, IRENE, JUSTINE.

PULCHERIE.

Que fait ce malheureux,
Iréne?

IRENE.

Ce qu'on fait dans un sort rigoureux.
Il soupire, il se plaint.

PULCHERIE.

De moy?

IRENE.

De sa Fortune.

PULCHERIE.

Eſt-il bien convaincu qu'elle nous eſt commune,
Qu'ainſi de luy du ſort j'accuſe la rigueur ?

IRENE.

Je ne pénétre point juſqu'au fond de ſon cœur,
Mais je ſçay qu'au dehors ſa douleur vous reſpecte,
Elle ſe taiſt de vous.

PULCHERIE.

Ah qu'elle m'eſt ſuſpecte!
Un modeste reproche á ſes maux ſiéroit bien,
C'eſt me trop accuſer que de n'en dire rien.
M'auroit-il oubliée, & déja dans ſon ame
Effacé tous les traits d'une ſi belle flame ?

IRENE.

C'eſt par là qu'il devroit ſoulager ſes ennuis,
Madame, & de ma part j'y fais ce que je puis.

PULCHERIE.

Ah, ma flame n'eſt pas á tel point affoiblie,
Que je puiſſe endurer, Iréne, qu'il m'oublie.
Fay luy, fay luy plûtoſt ſoulager ſon ennuy
A croire que je ſouffre autant & plus que luy.
C'eſt une verité que j'ay beſoin qu'il croye,
Pour meſler á mes maux quelque inutile joye;
Si l'on peut nommer joye une triste douceur,
Qu'un digne amour conſerve en dépit du malheur.
L'ame qui l'a ſentie en eſt toujours charmée,
Et meſme en n'aimant plus il eſt doux d'eſtre aimée.

JUSTINE.

Vous ſouvient-il encor de me l'avoir donné,
Madame ? & ce doux ſoin dont voſtre eſprit gesné...

PULCHERIE.

Souffre un reste d'amour qui me trouble & m'accable,
Je ne t'en ay point fait un don irrévocable.
Mais je te le redis, deſrobe moy ſes vœux,
Séduis, enléve-moy ſon cœur, ſi tu le peux.

J'ay

J'ay trop mis á l'écart celuy d'Impératrice,
Reprenons avec luy ma gloire & mon supplice;
C'en est un, & bien rude, a moins que le Sénat
Mette d'accord ma flame & le bien de l'Etat.

IRENE.

N'est-ce point avilir vostre pouvoir suprème,
Que mendier ailleurs ce qu'il peut de luy-mesme?

PULCHERIE.

Iréne, il te faudroit les mesmes yeux qu'á moy,
Pour voir la moindre part de ce que je prévoy.
Epargne á mon amour la douleur de te dire
A quels troubles ce choix hazarderoit l'Empire,
Je l'ay déja tant dit, que mon esprit lassé
N'en sçauroit plus souffrir le portrait retracé.
Ton frére a l'ame grande, intrépide, sublime,
Mais d'un peu de jeunesse on luy fait un tel crime,
Que si tant de vertus n'ont que moy pour appuy,
En faire un Empereur c'est me perdre avec luy.

IRENE.

Quel ordre a pû du trosne exclurre la jeunesse?
Quel Astre á nos beaux jours enchaisne la foiblesse?
Les vertus, & non l'âge, ont droit á ce haut rang,
Et n'étoit le respect qu'imprime vostre sang,
Je dirois que Léon vaudroit bien Théodose.

PULCHERIE.

Sans doute, & toutefois ce n'est pas mesme chose;
Foible qu'étoit ce Prince á régir tant d'Etats,
Il avoit des appuis que ton frére n'a pas:
L'Empire en sa personne étoit héréditaire,
Sa naissance le tint d'un Ayeul & d'un pére,
Il régna dès l'enfance, & régna sans jaloux,
Estimé d'assez peu; mais obéy de tous.
Léon peut succéder aux droits de la Puissance,
Mais non-pas au bon-heur de cette Obeïssance,
Tant ce trosne où l'amour par ma main l'auroit mis
Dans mes prémiers Sujets luy feroit d'ennemis,

Tout ce qu'ont veu d'illustre & la paix, & la guer-
Aspire á ce grand nom de Maistre de la Terre, [re,
Tous regardent l'Empire ainsi qu'un bien commun,
Que chacun veut pour soy tant qu'il n'est á pas un.
Pleins de leur Renommée, enflez de leurs services,
Combien ce choix pour eux aura-t'il d'injustices,
Si ma flame obstinée, & ses odieux soins
L'arrestent sur celuy qu'ils estiment le moins?
Léon est d'un mérite á devenir leur maistre,
Mais comme c'est l'amour qui m'aide á le connoistre,
Tout ce qui contre nous s'osera mutiner
Dira que je suis seule á me l'imaginer.

IRENE.

C'est donc en vain pour luy qu'on prie, & qu'on espére?

PULCHERIE.

Je l'aime, & sa personne á mes yeux est bien chére,
Mais si le Ciel pour luy n'inspire le Sénat,
Je sacrifieray tout au bonheur de l'Etat.

IRENE.

Que pour vous imiter j'aurois l'ame ravie,
D'immoler á l'Etat le bonheur de ma vie!
Madame, ou de Léon faites nous un César,
Ou portez ce grand choix sur le fameux Aspar.
Je l'aime, & ferois gloire, en dépit de ma flame,
De faire un maistre á tous de celuy de mon ame,
Et pleurant pour le frére en ce grand changement,
Je m'en consolerois á voir régner l'Amant.
Des deux testes qu'au Monde on me voit les plus chéres
Elevez l'une, ou l'autre au trosne de vos péres,
Daignez...

PULCHERIE.

Aspar seroit digne d'un tel honneur,
Si vous pouviez, Iréne, un peu moins sur son cœur.

J'aurois trop á rougir si sous le nom de femme
Je le faisois régner sans régner dans son ame,
Si j'en avois le tître, & vous tout le pouvoir,
Et qu'entre nous ma Cour partageast son devoir.

IRENE.

Ne l'apréhendez pas, de quelque ardeur qu'il m'aime,
Il est plus á l'Etat, Madame, qu'á luy-mesme.

PULCHERIE.

Je le croy comme vous, & que sa passion
Regarde plus l'Etat, que vous, moy, ny Léon.
C'est vous entẽdre, Iréne, & vous parler sans feindre,
Je voy ce qu'il projette, & ce qu'il en faut craindre.
L'aimez vous?

IRENE.

Je l'aimay quand je creus qu'il m'aimoit,
Je voyois sur son front un air qui me charmoit;
Mais depuis que le temps m'a fait mieux voir sa flame,
J'ay presque éteint la mienne, & dégagé mon ame.

PULCHERIE.

Achevez, tel qu'il est, voulez-vous l'épouser?

IRENE.

Ouy, Madame, ou du moins le pouvoir refuser.
Après deux ans d'amour il y va de ma gloire,
L'affront seroit trop grand, & la tache trop noire,
Si dans la conjoncture où l'on est aujourd'huy
Il m'osoit regarder comme indigne de luy.
Ses desseins vont plus haut, & voyant qu'il vous aime,
Bien que peut-estre moins que vostre Diadème,
Je n'ay veu rien en moy qui le pûst retenir,
Et je ne vous l'offrois que pour le prévenir.
C'est ainsi que j'ay creu me mettre en asseurance
Par l'éclat généreux d'une fausse apparence,
Je vous cédois un bien que je ne puis garder,
Et qu'á vous seule enfin ma gloire peut ceder.

PULCHERIE.

Reposez-vous sur moy, Vostre Aspar vient.

SCENE III.

PULCHERIE, ASPAR, IRENE, JUSTINE.

ASPAR.

Madame,
Déja ſur vos deſſeins j'ay leu dans plus d'une ame,
Et croy de mon devoir de vous mieux avertir,
De ce que ſur tous deux on m'a fait preſſentir.
J'espére pour Léon, & j'y fais mon poſſible,
Mais j'en prévoy, Madame, un murmure infaillible,
Qui pourra ſe borner á quelque émotion,
Et peut aller plus loin que la ſédition.

PULCHERIE.

Vous en ſçavez l'autheur : parlez qu'on le puniſſe,
Que moy-meſme au Sénat j'en demande justice.

ASPAR.

Peut-eſtre eſt-ce quelqu'un que vous pourriez choiſir,
S'il vous falloit ailleurs tourner voſtre deſir,
Et dont le choix illustre á tel point ſçauroit plaire,
Que nous n'aurions á craindre aucun party contraire,
Comme á vous le nommer ce ſeroit fait de luy,
Ce ſeroit á l'Empire oſter un ferme appuy.
Et livrer un grand cœur á ſa perte certaine,
Quand il n'eſt pas encor digne de voſtre haine.

PULCHERIE.

On me fait mal ſa Cour avec de tels avis,
Qui ſans nommer perſonne en nomment plus de dix.

Je hay l'empressement de ces devoirs sincéres,
Qui ne jette en l'esprit que de vagues chiméres,
Et ne me presentant qu'un obscur avenir,
Me donne tout á craindre, & rien á prévenir.

ASPAR.

Le besoin de l'Etat est souvent un mystére
Dont la moitié se dit, & l'autre est bonne á taire.

PULCHERIE.

Il n'est souvent aussi qu'un pur fantosme en l'air
Que de secrets ressorts font agir & parler,
Et s'arreste où le fixe une ame prévenuë
Qui pour ses interests le forme & le remuë.
Des besoins de l'Etat si vous étes jaloux,
Fiez vous en á moy qui les voy mieux que vous.
Martian comme vous, á vous parler sans feindre,
Dans le choix de Léon voit quelque chose á craindre,
Mais il m'apprend de qui je dois me deffier,
Et je puis, si je veux, me le sacrifier.

ASPAR.

Qui nomme-t'il, Madame?

PULCHERIE.

Aspar, c'est un mystére
Dont la moitié se dit, & l'autre est bonne á taire.
Si l'on hait tant Léon, du moins réduisez vous
A faire qu'on m'admette á régner sans époux.

ASPAR.

Je ne l'obtiendray point, la chose est sans exemple.

PULCHERIE.

La matiére au vray zèle en est d'autant plus ample,
Et vous en montrerez de plus rares effets,
En obtenant pour moy ce qu'on n'obtint jamais.

ASPAR.

Ouy, mais qui voulez-vous que le Sénat vous donne,
Madame, si Léon...

PULCHERIE.

Ou Léon, ou personne,
A l'un de ces deux points amenez les esprits.
Vous adorez Iréne, Iréne est vostre prix.
Je la laisse avez vous, afin que vostre zèle
S'allume á ce beau feu que vous avez pour elle.
Justine, Suivez-moy.

SCENE IV.

ASPAR, IRENE.

IRENE.

CE prix qu'on vous promet
Sur vostre ame, Seigneur, doit faire peu d'effet.
La mienne toute acquise á vostre ardeur sincére
Ne peut á ce grand cœur tenir lieu de salaire,
Et l'amour á tel point vous rend maistre du mien,
Que me donner á vous c'est ne vous donner rien.

ASPAR.

Vous dites vray, Madame, & du moins j'ose dire
Que me donner un cœur au dessous de l'Empire,
Un cœur qui me veut faire une honteuse loy,
C'est ne me donner rien qui soit digne de moy.

IRENE.

Indigne que je suis d'une foy si douteuse,
Vous fais-je quelque loy qui puisse estre honteuse?
Et si Léon devoit l'Empire á vostre appuy,
Luy qui vous y feroit le prémier d'aprés luy,
Auriez vous á rougir de l'en avoir fait maistre,
Seigneur, Vous qui voyez que vous ne pouvez l'estre?

Mettez-vous, j'y consens au dessus de l'amour,
Si pour monter au trosne il s'offre quelque jour;
Qu'á ce glorieux tître un amant soit volage,
Je puis l'en estimer, l'en aimer davantage,
Et voir avec plaisir la belle ambition
Triompher d'une ardente & longue passion.
L'objet le plus charmant doit céder á l'Empire,
Régnez, j'en dédiray mon cœur, s'il en soupire.
Vous ne m'en croyez pas, Seigneur, & toutefois
Vous régneriez bien-tost si l'on suivoit ma voix.
Apprenez á quel point pour vous je m'intéresse.
Je viens de vous offrir moy-mesme á la Princesse,
Et je sacrifiois mes plus chéres ardeurs
A l'honneur de vous mettre au faiste des grandeurs.
Vous sçavez sa réponse, ou LEON, ou PERSONNE.

ASPAR.

C'est agir en Amante & genéreuse, & bonne:
Mais seure d'un refus qui doit rompre le coup,
La générosité ne coute pas beaucoup.

IRENE.

Vous voyez les chagrins où cette offre m'expose,
Et ne me voulez pas devoir la moindre chose!
Ah! si j'osois, Seigneur, vous appeler ingrat!

ASPAR.

L'offre sans doute est rare, & feroit grand éclat,
Si pour mieux éblouyr vous aviez eu l'adresse
D'ébranler tant soit peu l'esprit DE LA PRINCESSE.
Elle est Impératrice, & d'un seul, je le veux,
Elle peut de Léon faire un Monarque heureux:
Qu'a-t'il besoin de moy, luy qui peut tout sur elle?

IRENE.

N'insultez point, Seigneur une flame si belle,
L'amour las de gémir sous les raisons d'Etat
Pourroit n'en croire pas tout a fait le Sénat.

ASPAR.

L'amour n'a qu'á parler. Le Sénat, quoy qu'on pense,
N'aura que du respect & de la déference,
Et de l'air dont la chose á déja pris son cours,
Léon pourra se voir Empereur pour trois jours.

IRENE.

Trois jours peuvent suffire á faire bien des choses,
La Cour en moins de temps voit cent Métamorphoses,
En moins de temps un Prince á qui tout est permis
Peut rendre ce qu'il doit aux vrais & faux amis.

ASPAR.

L'amour qui parle ainsi ne paroît pas fort tendre,
Mais je vous aime assez pour ne vous pas entendre,
Et diray toutefois, sans m'en embarasser,
Qu'il est un peu bien-tost pour vous de menacer.

IRENE.

Je ne menace point, Seigneur, mais je vous aime
Plus que moy, plus encor que ce cher frére mesme.
L'amour tendre est timide, & craint pour son objet,
Dès qu'il luy voit former un dangereux projet.

ASPAR.

Vous m'aimez, je le croy, du moins cela peut estre;
Mais de quelle façon le faites-vous connoistre?
L'amour inspire-t'il ce rare empressement
De voir régner un frére aux dépens d'un amant?

IRENE.

Il m'inspire á regret la peur de vostre perte.
Regnez, je vous l'ay dit, la porte en est ouverte,
Vous avez du mérite, & je manque d'appas;
Dédaignez, quittez-moy, mais ne vous perdez pas.
Pour le salut d'un frére ay-je si peu d'alarmes,
Qu'il y faille adjouster d'autres sujets de larmes?

C'est assez que pour vous j'ose en vain soupirer,
Ne me réduisez point, Seigneur, á vous pleurer.

ASPAR.

Gardez, gardez vos pleurs pour ceux qui sont á plaindre,
Puisque vous m'aimez tant, je n'ay point lieu de craindre.
Quelque peine qu'on doive á ma témérité,
Vostre main qui m'attend sera ma seureté,
Et contre le couroux le plus inéxorable
Elle me servira d'azile inviolable.

IRENE.

Vous la voudrez peut-estre, & la voudrez trop tard.
Ne vous exposez point, Seigneur, á ce hazard,
Je doute si j'aurois toujours mesme tendresse,
Et pourrois de ma main n'estre pas la maîtresse.
Je vous parle sans feindre, & ne sçay point railler,
Lors qu'au salut commun il nous faut travailler.

ASPAR.

Et je veux bien aussi vous répondre sans feindre.
J'ay pour vous un amour á ne jamais s'éteindre,
Madame, & dans l'orgueil que vous mesme approuvez
L'amitié de Léon a ses droits conservez:
Mais ny cette amitié, ny cet amour si tendre,
Quelques soins, quelque effort qu'il vous en plaise attendre,
Ne me verront jamais l'esprit persüadé
Que je doive obéir á qui j'ay commandé,
A qui, si j'en puis croire un cœur qui vous adore,
J'auray droit, & long-temps, de commander encore.
Ma gloire qui s'oppose a cet abaissement
Trouve en tous mes égaux le mesme sentiment.
Ils ont fait la Princesse arbitre de l'Empire,
Qu'elle épouse Léon, tous sont prest d'y souscrire,

Mais je ne répons pas d'un long respect en tous,
A moins qu'il associe aussi-tost l'un de nous.
La chose est peu nouvelle, & je ne vous propose
Que ce que l'on a fait pour le grand Théodose:
C'est par là que l'Empire est tombé dans ce sang
Si fier de sa naissance & si jaloux du rang.
Songez sur cet éxemple á vous rendre justice,
A me faire Empereur pour estre Impératrice:
Vous avez du pouvoir, Madame, usez en bien,
Et pour vostre intérest attachez-vous au mien.

IRENE.

Léon dispose-t'il du cœur de la Princesse?
C'est un cœur fier & grand, le partage la blesse,
Elle veut tout ou rien, & dans ce haut pouvoir
Elle éteindra l'amour plûtost que d'en déchoir.
Près d'elle avec le temps nous pourrons d'avantage;
Ne pressons point, Seigneur, un si juste partage.

ASPAR.

Vous le voudrez peut-estre, & le voudrez trop tard,
Ne laissez point, long-temps nos destins au hazard.
J'attens de vostre amour cette preuve nouvelle,
Adieu, Madame.

IRENE.

Adieu, l'ambition est belle,
Mais vous n'étes, Seigneur, avec ce sentiment
Ny véritable amy, ny véritable amant.

Fin du quatriesme Acte.

ACTE V.

SCENE PREMIERE.

PULCHERIE, JUSTINE.

PULCHERIE.

JUstine, plus j'y pense, & plus je m'inquiéte,
Je crains de n'avoir plus une amour si parfaite,
Et que si de Léon on me fait un époux,
Un bien si desiré ne me soit plus si doux.
Je ne sçay si le rang m'auroit fait changer d'ame,
Mais je tremble á penser que je serois sa femme,
Et qu'on n'épouse point l'amant le plus chéry,
Qu'on ne se fasse un maistre aussi-tost qu'un mary.
J'aimerois a régner avec l'indépendance
Que des vrais Souverains s'asseure la prudence,
Je voudrois que le Ciel inspirast au Sénat
De me laisser moy seule á gouverner l'Etat,
De m'épargner ce maistre, & voy d'un œil d'envie
Toujours Sémiramis, & toujours Zénobie.
On triompha de l'une, & pour Sémiramis,
Elle usurpa le nom & l'habit de son fils,
Et sous l'obscurité d'une longue tutelle
Cet habit & ce nom régnoient tous deux plus qu'elle:
Mais mon cœur de leur sort n'en est pas moins jaloux,
C'étoit régner en fin, & régner sans époux,

Le triomphe n'en fait qu'affermir la mémoire,
Et le déguisement n'en détruit point la gloire.

JUSTINE.

Que les choses bien-tost prendroient un autre tour,
Si le Sénat prenoit le party de l'amour,
Que bien-tost. . . Mais je vois Aspar avec mon pére.

PULCHERIE.

Sçachons d'eux quel destin le Ciel vient de me faire.

SCENE II.

MARTIAN, ASPAR, PULCHERIE, JUSTINE.

MARTIAN.

Madame, le Sénat nous députe tous deux
Pour vous jurer encor qu'il suivra tous vos vœux ?
Après qu'entre vos mains il a remis l'Empire,
C'est faire un attentat que de vous rien prescrire,
Et son respect vous prie une seconde fois
De luy donner vous seule un maistre á vostre choix.

PULCHERIE.

Il pouvoit le choisir.

MARTIAN.

Il s'en défend l'audace,
Madame, & sur ce point il vous demande grace.

PULCHERIE.

Pourquoy donc m'en fait-il une nécessité ?

MARTIAN.

Pour donner plus de force á vostre authorité.

PULCHERIE.

Son zèle est grand pour elle, il faut le satisfaire
Et luy mieux obéïr qu'il n'a daigné me plaire.
Sèxe, ton sort en moy ne peut se déméntir,
Pour estre Souveraine il faut m'assujettir,
En montant sur le trosne entrer dans l'esclavage,
Et recevoir des loix de qui me rend hommage.
Allez, dans quelques jours je vous feray sçavoir
Le choix que par son ordre aura fait mon devoir.

ASPAR.

Il tien droit á faveur & bien haute & bien rare
De le sçavoir, Madame, avant qu'il se sépare.

PULCHERIE.

Quoy, pas un séul moment pour en déliberer!
Mais je ferois un crime á le plus différer,
Il vaut mieux pour essay de ma toute-puissance
Montrer un digne effet de pleine obéïssance.
Retirez-vous, Aspar, vous aurez vostre tour.

SCENE III.

PULCHERIE, MARTIAN, JUSTINE.

PULCHERIE.

ON m'a dit que pour moy vous aviez de l'amour;
Seigneur, seroit-il vray?

MARTIAN.

Qui vous l'a dit, Madame?

PULCHERIE.

Vos services, mes yeux, le trouble de vostre ame,
L'éxil que mon Hymen vous devoit imposer.
Sont-ce-là des témoins, Seigneur, á récuser?

MARTIAN.

C'est donc á moy, Madame, á confesser mon crime.
L'amour naist aisément du zèle & de l'estime,
Et l'assidüité près d'un charmant objet
N'attend point nostre aveu pour faire son effet.
Il m'est honteux d'aimer, il vous l'est d'estre aimée
D'un homme dont la vie est déjá consumée,
Qui ne vit qu'á regret depuis qu'il a pû voir
Jusqu'où ses yeux charmez ont trahy son devoir.
Mon cœur qu'un si long aage en mettoit hors d'alarmes
S'est veu livré par eux á ces dangereux charmes:
En vain, Madame, en vain je m'en suis défendu,
En vain j'ay sçeu me taire après m'estre rendu,
On m'a forcé d'aimer, on me force á le dire.
Depuis plus de dix ans je languis, je soupire,
Sans que de tout l'excès d'un si long déplaisir
Vous ayez pû surprendre une larme, un soupir;
Mais enfin la langueur qu'on voit sur mon visage
Est encor plus l'effet de l'amour, que de l'aage.
Il faut faire un heureux, le jour n'en est pas loin;
Pardonnez á l'horreur d'en estre le témoin,
Si mes maux & ce feu digne de vostre haine
Cherchent dans un éxil leur remède & sa peine.
Adieu, vivez heureuse, & si tant de jaloux. . .

PULCHERIE.

Ne partez pas, Seigneur, je les tromperay tous,
Et puisque de ce choix aucun ne me dispense,
Il est fait, & de tel á qui pas un ne pense.

MARTIAN.

Quel qu'il soit, il sera l'Arrest de mon trépas,
Madame.

PULCHERIE.

Encor un coup, ne vous éloignez pas,
Seigneur, jusques icy vous m'avez bien servie,
Vos lumiéres ont fait tout l'éclat de ma vie,

La vostre s'est usée á me favoriser.
Il faut encor plus faire, il faut...

MARTIAN.

Quoy ?

PULCHERIE.

M'épouser.

MARTIAN.

Moy, Madame !

PULCHERIE.

Oüy, Seigneur, c'est le plus grand service
Que vos soins puissent rendre á vostre Impératrice.
Non qu'en m'offrant á vous je réponde á vos feux
Jusques á souhaiter des fils, & des neveux.
Mon Ayeul dont par tout les hauts faits retentissent
Voudra bien qu'avec moy ses Descendans finissent,
Que j'en sois la derniére, & ferme dignement
D'un si grand Empereur l'auguste monument.
Qu'on ne prétende plus que ma gloire s'expose
A laisser des Césars du sang de Théodose;
Qu'ay-je affaire de race a me des-honorer,
Moy qui n'ay que trop veu ce sang dégénérer,
Et que s'il est fécond en illustres Princesses
Dans les Princes qu'il forme il n'a que des foiblesses.
Ce n'est pas que Léon choisi pour Souverain
Pour me rendre á mon rang n'eust obtenu ma main,
Mon amour á ce prix se fust rendu justice,
Mais puisqu'on m'a sans luy nommée Impératrice,
Je dois á ce haut rang d'assez nobles projets,
Pour n'admettre en mon lit aucun de mes Sujets.
Je ne veux plus d'époux, mais il m'en faut une ombre
Qui des Césars pour moy puisse grossir le nombre,
Un mary qui content d'estre au dessus des Rois
Me donne ses clartez & dispense mes loix,
Qui n'étant en effet que mon prémier ministre
Parce que sous moy l'on craindroit de sinistre,

Et pour tenir en bride un peuple ſans raiſon
Paroiſſe mon époux, & n'en ait que le nom.
Vous m'entendez, Seigneur, & c'eſt aſſez vous dire.
Prétez-moy voſtre main, je vous donne l'Empire,
Eblouyſſons le Peuple, & vivons entre nous,
Comme s'il n'étoit point d'épouſes ny d'époux.
Si ce n'eſt poſſéder l'objet de voſtre flame,
C'eſt vous rendre du moins le maiſtre de ſon ame,
L'oſter á vos rivaux, vous mettre au deſſus d'eux,
Et de tous mes amants vous voir le plus heureux.

MARTIAN.

Madame...

PULCHERIE.

A vos hauts faits je doy ce grand ſalaire
Et j'acquite envers vous, & l'Etat, & mon frére.

MARTIAN.

Auroit-on jamais creu, Madame...

PULCHERIE.

Allez, Seigneur.
Allez en plein Sénat faire voir l'Empereur.
Il demeure aſſemblé pour recevoir ſon maiſtre,
Allez y de ma part vous faire reconnoiſtre;
Ou ſi voſtre ſouhait ne répond pas au mien,
Faites grace á mon ſéxe, & ne m'en dites rien.

MARTIAN.

Souffrez qu'á vos genoux, Madame...

PULCHERIE.

Allez, vous dy-je.
Je m'oblige encor plus que je ne vous oblige.
Et mon cœur qui vous vient d'ouvrir ſes ſentiments
N'en veut, ny de refus, ny de remerciments.

SCENE

SCENE IV.

PULCHERIE, ASPAR, JUSTINE.

PULCHERIE.

Faites rentrer Aspar. Que faites vous d'Iréne ?
Quand l'épouserez-vous ? Ce mot vous fait-il peine ?
Vous ne répondez point !

ASPAR.

Non, Madame, & je doy
Ce respect aux bontez que vous avez pour moy.
Qui se taist obéït.

PULCHERIE.

J'aime assez qu'on s'explique.
Les silences de Cour ont de la Politique,
Si-tost que nous parlons, qui consent, applaudit,
Et c'est en se taisant que l'on nous contredit.
Le temps m'éclaircira de ce que je soupçonne.
Cepédãt j'ay fait choix de l'époux qu'on m'ordonne.
Léon vous faisoit peine, & j'ay dompté l'amour
Pour vous donner un maistre admiré dans la Cour,
Adoré dans l'Armée, & que de cet Empire
Les plus fermes soutiens feroient gloire d'élire.
C'est Martian.

ASPAR.

Tout vieil, & tout cassé qu'il est !

PULCHERIE.

Tout vieil & tout cassé, je l'épouse, il me plaist.
J'ay mes raisons. Au reste, il a besoin d'un gendre,
Qui partage avec luy les soins qu'il luy faut prendre,

Qui soûtienne des ans panchez vers le tombeau,
Et qui porte sous luy la moitié du fardeau.
Qui jugeriez-vous propre á remplir cette place ?
Une seconde fois vous paroissez de glace !

ASPAR.

Madame, Aréobinde, & Procope tous deux
Ont engagé leur cœur, & formé d'autres vœux.
Sans cela je dirois . .

PULCHERIE.

Et sans cela moy-mesme
J'éléverois Aspar á cet honneur suprème :
Mais quand il seroit homme á pouvoir aisément
Renoncer aux douceurs de son attachement,
Justine n'auroit pas une ame assez hardie,
Pour accepter un cœur noircy de perfidie,
Et vous regarderoit comme un volage esprit,
Toujours prest á donner où la Fortune rit.
N'en sçavez vous aucun de qui l'ardeur fidelle. . .

ASPAR.

Madame, vos bontez choisiront mieux pour elle,
Comme pour Martian elles nous ont surpris,
Elles sçauront encor surprende nos esprits.
Je vous laisse en résoudre.

PULCHERIE.

Allez, & pour Irêne,
Si vous ne sentez rien en l'ame qui vous gesne,
Ne faites plus douter de vos longues amours,
Ou je dispose d'elle avant qu'il soit deux jours.

SCENE V.

PULCHERIE, JUSTINE.

PULCHERIE.

CE n'est pas encor tout, Justine, je veux faire
Le malheureux Léon successeur de ton pére.
Y contribûras-tu? préteras tu la main
Au glorieux succès d'un si noble dessein?

JUSTINE.

Et la main & le cœur sont en vostre puissance,
Madame, doutez-vous de mon obéissance.
Après que par vostre ordre il m'a déja couté
Un conseil contre vous qui doit l'avoir flaté?

PULCHERIE.

Achevons, le voicy. Je répons de ton pére,
Son cœur est trop á moy pous nous estre contraire.

SCENE VI.

PULCHERIE, LEON, JUSTINE.

LEON.

JE me le disois bien que vos nouveaux serments,
Madame, ne seroient que des amusements.

PULCHERIE.

Vous commencez d'un air...

LEON.

J'acheveraý de mesme,
Ingrate, ce n'est plus ce Léon qui vous aime,

Non, ce n'est plus...

PULCHERIE.

Sçachez...

LEON.

Je ne veux rien sçavoir,
Et je n'apporte icy ny respect, ny devoir.
L'impétueuse ardeur d'une rage inquiéte
N'y vient que mériter la mort que je souhaite,
Et les emportements de ma juste fureur
Ne m'y parlent de vous que pour m'en faire horreur,
Ouy, comme Pulchérie, & comme Impératrice,
Vous n'avez eû pour moy que détours, qu'injustice,
Si vos fausses bontez ont sçeu me decevoir,
Vos serments, m'ont réduit au dernier desespoir.

PULCHERIE.

Ah, Léon!

LEON.

Par quel art que je ne puis comprendre
Forcez-vous d'un soupir ma fureur á se rendre?
Un coup d'œil en triomphe, & dès que je vous voy,
Il ne me souvient plus de vos manques de foy!
Ma bouche se refuse á vous nommer parjure,
Ma douleur se défend jusqu'au moindre murmure,
Et l'affreux desespoir qui m'améne en ces lieux
Céde au plaisir secret d'y mourir á vos yeux.
J'y vay mourir, Madame, & d'amour, non de rage.
De mon dernier soupir recevez l'humble hommage,
Et si de vostre rang la fierté le permet,
Recevez-le, de grace, avec quelque regret.
Jamais fidelle ardeur n'approcha de ma flame,
Jamais frivole espoir ne flata mieux une ame,
Je ne méritois pas qu'il eust aucun effet,
N'y qu'un amour si pur se vist mieux satisfait;
Mais quand vous m'avez dit: QUELQUE ORDRE QU'ON ME DONNE
NUL AUTRE NE SERA MAISTRE DE MA PERSONNE;

J'ay dû me le promettre, & toutefois, hélas,
Vous passez dès demain, Madame, en d'autres bras,
Et dès ce mesme jour vous perdez la mémoire
De ce que vos bontez me commandoient de croire.

PULCHERIE.

Non, je ne la perds pas, & sçay ce que je doy.
Prenez des sentiments qui soient dignes de moy,
Et ne m'accusez point de manquer de parole,
Quand pour vous la tenir moy-mesme je m'immole.

LEON.

Quoy! vous n'épousez pas Martian dès demain?

PULCHERIE.

Sçavez-vous á quel prix je luy donne la main?

LEON.

Que m'importe á quel prix un tel bonheur s'achepte?

PULCHERIE.

Sortez, sortez du trouble où vostre erreur vous jette,
Et sçachez qu'avec moy ce grand títre d'époux
N'a point de privilége á vous rendre jaloux,
Que sous l'illusion de ce faux Hyménée
Je fais vœu de mourir telle que je suis née,
Que Martian reçoit & ma main & ma foy
Pour me conserver toute, & tout l'Empire á moy,
Et que tout le pouvoir que cette foy luy donne
Ne le fera jamais maistre de ma personne.
Est-ce tenir parole, & reconnoissez-vous
A quel point je vous sers quand j'en fais mon époux?
C'est pour vous qu'en ses mains je dépose l'Empire,
C'est pour vous le garder qu'il me plaist de l'élire;
Rendez-vous comme luy digne de ce dépost
Que son âge penchant vous remettra bien-tost,
Suivez-le pas á pas, & marchant dans sa route
Mettez ce prémier rang après luy hors de doute.
Etudiez sous luy ce grand art de régner
Que tout autre auroit peine á vous mieux enseigner,

Et pour vous asseurer ce que j'en veux attendre,
Attachez-vous au trosne, & faites-vous son gendre,
Je vous donne Justine.

LEON.

A moy, Madame!

PULCHERIE.

A vous,
Que je m'étois promis moy-mesme pour époux.

LEON.

Ce n'est donc pas assez de vous avoir perduë,
De voir en d'autres mains la main qui m'étoit deuë,
Il faut aimer ailleurs.

PULCHERIE.

Il faut estre Empereur,
Et le Sceptre á la main justifier mon cœur,
Montrer á l'Univers dans le Héros que j'aime
Tout ce qui rend un front digne du Diadème.
Vous mettre á mon éxemple au dessus de l'amour,
Et par mon ordre enfin régner á vostre tour.
Justine a du mérite, elle est jeune, elle est belle,
Tous vos rivaux pour moy le vont estre pour elle,
Et l'Empire pour dot est un trait si charmant,
Que je ne vous en puis répondre qu'un moment.

LEON.

Ouy, Madame, aprés vous elle est incomparable,
Elle est de vostre Cour la plus considérable,
Elle a des qualitez á se faire adorer,
Mais, Hélas! jusqu'á vous j'avois droit d'aspirer.
Voulez vous qu'à vos yeux je trompe un tel mérite,
Que sans amour pour elle á m'aimer je l'invite,
Qu'en vous laissant mon cœur je demande le sien,
Et luy promette tout pour ne luy donner rien?

PULCHERIE.

Et ne sçavez-vous pas qu'il est des Hyménées
Que font sans nous au Ciel les belles Destinées?

Quand il veut que l'effet en éclate icy-bas,
Luy-mesme il nous entraisne où nous ne pensions pas,
Et dès qu'il les résoût, il sçait trouver la voye
De nous faire accepter ses ordres avec joye.

LEON.

Mais ne vous aimer plus! vous voler tous mes vœux!

PULCHERIE.

Aimez-moy, j'y consents, je dy plus, je le veux,
Mais comme Impératrice, & non plus comme Amante,
Que la passion cesse, & que le zèle augmente.
Justine qui m'écoute agréra bien, Seigneur,
Que je conserve ainsi ma part en vostre cœur.
Je connoy tout le sien. Rendez-vous plus traitable.
Pour apprendre á l'aimer autant qu'elle est aimable
Et laissez vous cous conduire á qui sçait mieux que vous
Les chemins de vous faire un sort illustre & doux.
Croyez en vostre Amante, & vostre Impératrice,
L'une aime vos vertus, l'autre leur rend justice,
Et sur Justine & vous je doy pouvoir assez
Pour vous dire á tous deux, Je parle, obéïssez.

LEON.

J'obeïs donc, Madame, á cet ordre suprème,
Pour vous offrir un cœur qui n'est pas á luy-mesme,
Mais enfin je ne sçay quand je pourray donner
Ce que je ne puis mesme offrir sans le gesner,
Et cette offre d'un cœur entre les mains d'un autre
Ne peut faire un amour qui mérite le vostre.

JUSTINE.

Il est assez á moy dans de si bonnes mains
Pour n'en point redouter de vrais & longs dédains,
Et je vous répondrois d'une amitié sincére,
Si j'en avois l'aveu de l'Empereur mon pére.
Le temps fait tout, Seigneur.

SCENE VII.

PULCHERIE, MARTIAN, LEON, JUSTINE.

MARTIAN.

D'Une commune voix,
Madame, le Sénat accepte vostre choix.
A vos bontez pour moy son allegresse unie
Soupire aprés le jour de la cerémonie,
Et le serment prété pour n'en retarder rien
A vostre auguste nom vient de mesler le mien.

PULCHERIE.

Cependant j'ay sans vous disposé de Justine,
Seigneur, & c'est Léon á qui je la destine.

MARTIAN.

Pourrois-je luy choisir un plus illustre époux,
Que celuy que l'Amour avoit choisi pour vous ?
Il peut prendre aprés vous tout pouvoir dans l'Empire,
S'y faire des emplois où l'Univers l'admire,
Afin que par vostre ordre, & les conseils d'Aspar,
Nous l'installions au trosne, & le nommions César.

PULCHERIE.

Allons tout préparer pour ce double Hyménée,
En ordonner la pompe, en choisir la journée.
D'Iréne avec Aspar j'en voudrois faire autant,
Mais j'ay donné deux jours á cet esprit flotant,
Et laisse jusque-lá ma faveur incertaine,
Pour régler son destin sur le destin d'Iré[ne.]

Fin du cinquiesme A[cte.]

www.ingramcontent.com/pod-product-compliance
Ingram Content Group UK Ltd.
Pitfield, Milton Keynes, MK11 3LW, UK
UKHW031936260826
14628UKWH00004B/1671

9 782019 699574